文春文庫

わたしの鎖骨

花村萬月

文藝春秋

目次

わたしの鎖骨

わたしの鎖骨

1

ステップが路面を嚙む衝撃が伝わって、夫の背がこわばった。

わたしは他人事のように、倒しこみ過ぎたのだ、と思った。

直後、後輪が浮きあがった。そのほぼ真上に乗っているわたしの軀《からだ》も、斜めにかしいだまま、リアシートから浮かびあがった。

わたしの軀は重力から解き放たれた。わたしは宙に浮いたまま、夫の背におんぶするようにしがみついているという奇妙なかたちで、黒いアスファルトの路面と、その上にまだらな模様をつくっている落ち葉を見た。

落ち葉は概《おおむ》ねくすんだ枯れ葉色であったが、まるで乳児の舌先のように朱い紅葉《もみじ》の葉もあった。

そればかりか、迫りくる路肩の排水溝に投げ捨てられたたばこの吸い殻や雨水に集められた椎の実やどんぐり、松ぼっくりといったものまでもが鮮やかに網膜に映った。

わたしは椎の実に穿《うが》たれた虫喰いの黒褐色の穴まで感知した。たばこのフィルターに付着したタールの、まるで年輪のような茶色の、苦そうな味のする模様も見えた。

ほんの数秒の間であるというのに、わたしの眼は路上に散ったいろいろな物を、冷静に、正確に、意志とは無関係に観察した。

死の直前には、その人の一生が走馬灯のように駆けめぐるということを聞いたことがあるが、あれはそれにちかい感じだったのかもしれない。

さらに解釈すれば、普段のわたしは周囲の物やできごとを、じつはほとんど見ていなくて、自分のせせこましい日常にとって必要なものだけを認識して、あとのものはきれいに切り捨ててきたのではないか。

それがいまのように宙に浮かんで、自分の意志ではなにもできないという状況に陥って、わたしの眼は、初めて路上に散った落ち葉の正確な色を感知して、網膜に焼きつけた。

もっともいつまでも宙に浮いていられるわけではない。

わたしの軀は夫の背から引き千切られるように引き離され、夫の頭の上を飛び越えていく。

夫が道路に尻餅をついたのが見えた直後、わたしの軀も引力に搦《から》め捕られた。黒々としたアスファルトの路面が迫る。

初めにフルフェイスのヘルメットの頂点、やや左側が道路に激突した。ごつん、と即物的な音がした。でも、頭のほうには殆《ほとん》どショックはなかった。

つぎに左肩が路面にぶつかった。わたしはなにもできずに、ただ起こることを受け入れるだけだ。

路面に接触したヘルメットと左肩を軸にして、わたしは晩秋の南伊豆、国道一三六号線、通称マーガレット・ラインを滑っていく。

宙を舞っていたときはあれほどあたりがクリアに見えたのに、いまは革ジャンの肩の部分が路面との摩擦で焦げる臭《にお》いを感じるほかは、なにも見えない。音も聴こえない。

やがてわたしは糸の切れた操り人形のようになって補修で継ぎはぎだらけの路肩に転がった。

さきほどまではＢＭＷのリアシートで眼下に見える落居《おちい》の集落、そして西日を反射して揺れる太平洋、遠州灘に歓声をあげていた。

いまは腐りかけた匂いさえする枯れ葉のたまった路肩で頽《くず》おれて呆然としている。尻餅をついていた夫は、わたしではなく、ＢＭＷの青いオートバイに駆け寄った。昔の空冷水平対向二気筒ではなくて、水冷直列水平四気筒の一〇〇〇ccだ。

空冷水平対向とか水冷直列水平四気筒の意味がわかっているわけではない。夫に聞かされ続けて、丸暗記してしまっただけだ。

夫は路上に横たわってガソリンを滴らせているＢＭＷを全力で起こした。路面に擦れて削れてしまったフェアリングの左側に跪《ひざまず》いて、泣きそうな顔をしている。

わたしは揮発するガソリンの匂いをかぎながら憤りを覚えていた。改造の費用を加えれば四百万ちかいお金のかかったオートバイではあるが、妻であるわたしよりも、まずオートバイに駆け寄るとはなにごとか。

たまたま通りかかった自家用車のドライバーがだいじょうぶですか？　と声をかけると、夫はうるさそうに追い払った。

夏の海水浴シーズンはかなり渋滞する道らしいが、いまの季節は殆ど交通量がない。夫はＢＭＷを路肩に寄せ、止まってしまったエンジンをかけようとあがいた。わたしの咎《とが》める視線に気づくと、血走った眼差しでまくしたてた。

「たぶんプラグが濡れてかぶってるんだ。こんなときはアクセルを全開にして、大量に空気をシリンダーに送り込んでやって、セルをまわしてプラグを乾かしてやればエンジンはかかるものなんだ」

それがどうしたというのか。わたしは声をあげた。

「ばか！」

声をあげた直後にBMWのエンジンが吼《ほ》えた。夫は肩をすくめ、どこか得意そうに、路上にへたりこんでいるわたしに近づいた。手をさしのべる。

「ほら。起きろよ。怪我はないか」

わたしは苦笑した。上目遣いで睨《にら》んだ。

「人間の怪我はほっといてもいずれ治るが、壊れた単車は自然には治らないって言いたいんでしょう」

言い古された台詞《せりふ》を口にしながら、さしのべられた夫の手の、使いこんで変色したライディング・グラブを見つめる。両手で夫の手をつかもうとした。

動いたのは右手だけだった。左手は肘から先はかろうじて動いたのだが、肩のあたりはまったく意志が通じない。他人の左手みたいだ。

夫の顔色が変わった。わたしもようやく自分の軀の異変に気づいた。とたんに脂汗が流れた。額、背中。自分でもはっきりわかるほど大量に汗がでた。とくに背中の汗は腰から尻の割れめあたりまで伝いおちた。

わたしは呻《うめ》いた。呻いたとたんに首の左下あたりから胸や肩、腕にかけてひろがる痛みに気づいた。

鋭い痛みと、鈍痛がいっしょに重なって、心臓の鼓動にあわせて増幅していく。わたしは路上に座りこんだまま口を半開きにして動けなくなった。なんとも情けない格好だ。苦痛に顔を歪《ゆが》めながら、苦笑いした。

夫は通りかかった軽トラックを停めて、なにごとか叫ぶように訴えている。軽トラックの運転手は頷《うなず》き、わたしを一瞥《いちべつ》して、黒い排気ガスを目一杯吐きだして走り去った。あまりの痛みに吐き気さえ催したころ、救急車がやってきた。赤い回転灯が嫌《いや》だった。この車にだけは乗りたくない。

まだ目許に幼さをのこした二十代なかばくらいの救急隊員は、わたしの全身にざっと視線をはしらせてから、顔をのぞきこんだ。わたしの瞳をのぞきこんで、深く頷いた。

とたんにわたしは彼にすべてをまかせる気になった。おろおろしているだけの夫と較べて、なんと包容力のあることか。

救急隊員はわたしの革ジャンのジッパーを下げ、首の下にそっと指先をあてた。うしろに立っている中年の救急隊員が訊《き》いた。

「鎖骨か？」

「鎖骨です。ほかはだいじょうぶ」

さらにわたしに向かって言った。

「軀をかたむけて、右側を下にして。そう。折れたところを心臓より高くするんです」

「——折れた？」

彼は答えず、微笑した。

中年の救急隊員が強引にわたしの革ジャンを脱がした。わたしは下唇を噛んで激痛に耐えた。脱がしおえてから中年の救急隊員は言った。

「頭に近いからすこし痛むでしょう」

わたしは泣き笑いの表情で、はいと返事した。若い救急隊員が手際よくわたしに船の救命胴衣のような物を着せた。すぐに圧搾空気の音がして、救命胴衣はパンパンにふくらんだ。わたしは感嘆した。空気で折れた患部を固定するというわけだ。

同時に汗まみれになったトレーナーが肌に密着して、なんともいえないわびしい気分になった。

「立てますか」

わたしは左右を抱えられるようにして救急車に乗った。救急車のベッドに横たわると、悲しくなった。不安になった。

「夫は……」

「オートバイで後をついてきていますよ。ＢＭＷですか。大きいですね」

わたしは眼を閉じた。舌打ちしたい気分だ。調子に乗ってカーブを攻めすぎて転倒したくせに、救急車に乗せられたわたしの後を傷だらけのオートバイで追ってくる夫。

やがて救急車の振動が折れた鎖骨に響きだした。先ほどとは違った刺すような痛みが皮膚をはしっていく。わたしが身を捩《よじ》ると、若い救急隊員がそっと手を握ってくれた。

運ばれたのは、妻良《めら》に近い高台の、白い病院だった。まだ新しくて、病院独特の消毒臭にまじって塗料の匂いが鼻についた。

救急隊員は看護婦に耳打ちしていたが、それを終えるとわたしに一礼してあっさり背を向けた。

夫の姿はない。わたしは取り残されたような不安感にあたりを見まわした。病院の受付に行くとか言っていたようだが、痛みのせいかはっきりとした記憶がない。

看護婦が横柄に顎《あご》をしゃくった。わたしは愛想笑いをうかべて彼女に従った。

エレベーターのなかに看護婦とふたりだけで閉じ込められた。わたしは会話の糸口をつかもうと、思いきって訊いた。

「こういう怪我に健康保険は使えるんですか」

とたんに看護婦は狼狽《ろうばい》した表情になった。

「わたしはそういう質問には答えられないことになっているんです。交通事故でしょう。まずいんです」

わたしは、はあ……と頷いて視線をはずした。なんとも気まずい雰囲気だ。看護婦は二十代の後半、わたしと同じくらいの歳だろう。口をすぼめてわたしを無視している。医師は雑に折れた鎖骨部分に触れた。わたしは痛みに耐えて、口元に笑みをうかべる努力をした。上半身を裸にされて、我ながら健気《けなげ》だ。泣きたい気分だ。

「とりあえず、鎖骨バンドで固定しておきましょう。で、どうします」

「なにがですか」

「東京でしょう、お住いは。ここで応急処置だけして、東京で入院なさったほうがいいでしょう」

「入院……」

「手術が必要ですからね。入院は二週間くらいかなあ」

わたしは痛みで首を動かすことができないので、軀ごと背後を向いた。夫の姿はなく、さきほどの看護婦が手持ちぶさたな表情で立っていた。

「ここに入院できますか」

「もちろん、商売ですからね」

「商売ですか」

「いや、まあ……なんですけど。この病院は老人だらけですよ。温泉がひいてあるのが唯一の取り柄だけど、それだけだからねえ」

わたしは依怙地《いこじ》になっていた。夫のBMWは当分傷だらけのまま走ればいい。わたしは南伊豆の太平洋が見おろせる病院で手術を受けてやる。

「個室に入れますか」

医師は眼で看護婦に問いかけ、頷いた。

「レントゲンは明日ということで。とりあえず鎖骨バンドで固定しましょう」

医師は立ちあがり、棚から真新しい白い綿のベルトを取りだした。慣れた手つきでわたしの軀にはめていく。途中から看護婦がバトンタッチして、締めあげる。

鎖骨バンドとは、たすきのようなものだった。両肩を背後から羽交い締めにするように締めあげて、折れた鎖骨を引っ張り、伸ばし、固定する。

まるでSMの道具だ。わたしの乳房は引っ張られて外向きに、左右に極端にひらいて奇妙にねじれている。

「とりあえず、あまり個室から出ないほうがいいですよ。爺さんたちは案外枯れていないから。あなたのように若くて美しい人妻が入院したことが知れたら、一目見ようと大騒ぎです」

医師は自由を奪われたわたしの姿をじっくり鑑賞して、笑いながら言った。彼にしてみれば、たかが鎖骨の骨折、といったところらしい。

やれやれ……それにしても美味しいお魚を食べて晩秋の風にあたろうと思いたって気

軽に出発したツーリングが、ずいぶん大事《おおごと》になってしまったものだ。溜息《ためいき》が洩《も》れた。

夫は予備の簡易ベッドに軀を縮めるようにして横になり、寝息をたてている。わたしは幽《かす》かに聴こえる潮騒に耳を澄まして、左鎖骨の鈍痛に耐えている。

完全に横になると痛みが烈しくなるというので、ベッドの上半分が四十五度ほど起こされた状態だ。つまりわたしは骨折が治るまで半身を起こして眠らなければならないというわけだ。

ふしぎなもので、もう狼狽や不安はない。なるようになれといった居直った気分だ。

そっとドアがひらいた。空気が揺れた。あの看護婦だった。眠る夫とわたしを見較べて、囁《ささや》き声で訊いた。

「眠れますか」

わたしは苦笑をかえす。眠れるわけがない。ただ、痛いと騒いでもしかたがないから、脂汗を流しながら耐えているだけだ。

「お薬をあげます。坐薬です。使ったことはありますか」

「ありません」

「じゃあ、右肩を下にして、横になって、下着を脱いでください」

わたしはなにも考えずに言われたとおりにして、突然屈辱を覚えた。肛門に固く尖ったものが触れたからだ。看護婦は体温で先端が溶けて、すぐに収まるから、と呟《つぶや》いた。

夫は眼を覚まし、息を呑んで成り行きを見守っている。

わたしはお尻を押しひろげられ、肛門になにやら挿入されかけている。

初めての体験だった。初めて肛門に異物を挿入した。看護婦はこれ見よがしに消毒綿で指先を拭いて、病室から出ていった。

夫は起きあがり、わたしの下着を引きあげ、そっと毛布をかけてくれた。わたしの横に立ち、抑えた声であやまった。

「すまん」

わたしは笑顔をかえそうとした。でも、無理だった。下唇を嚙んだ。

沈黙――。潮騒だけが気怠《けだる》いリズムを刻んでいる。ふと、痛みが遠のいていることに気づいた。そしてまとわりつくように眠気が襲った。坐薬の力だった。わたしは意識を失うように眠りにおちた。

2

「いいだんな様じゃない」

婦長はわたしの肩をアルコールで消毒しながら言った。わたしは微笑しながら溜息をついた。

「オートバイの道楽さえなければいいひとなんですけれど。会社にもオートバイで出勤するから、車のバッテリーがあがってしまうんですよ」

夫はどうしてもはずせない仕事があって東京に帰っていた。

婦長はまったくためらいをみせずにわたしの肩に注射針を刺し、伊豆はオートバイでツーリングにくる若者が多く、以前救急車で運びこまれた十七歳の少年は、オートバイから弾き飛ばされて電柱に激突して、ヘルメットごと頭が胴体にめりこんでいた、と淡々とした口調で語った。

「もちろん、即死。状態を見て、汚物が出ないように穴という穴を処置して、霊安室に直行よ」

どのような言葉を返したらいいのか途方にくれていると、婦長は小首をかしげて抑揚を欠いた声で言った。

「こんどのは痛いよ」

二本目の注射があっさり肩に刺さっていた。なんてことない……と思っていたが、注射液が押しこまれるように肉のなかに入ったとたん、呻き声をあげてしまった。

「テスト。麻薬がだいじょうぶか。あと、覚醒剤も射ったのよ」

「精神安定剤。トランキライザーともいうけれど、中身は覚醒剤よ。あなた、ふしぎに思ったことがない？」

「なにが、ですか」

「いくら麻酔をされるとはいえ、手術される人が、平気で頭に穴をあけられたり、おなかを裂かれたりすること」

「そういえば……」

「へんでしょう。まわりの家族がオロオロしているのに、手術を受ける本人は平然と手術室へ向かうの。あれは、じつは、患者さんは手術前に射たれた覚醒剤で、なにも怖いものがない状態なのね」

「そういうものなんですか……」

「そう。だから、あなたも安心なさい。覚醒剤さえ射ってれば、これから殺されるってわかっていたって怖くないわよ」

「まさか」

「ほんとうよ。特攻隊を見なさいよ。覚醒剤を射って、平気で死んでいった。そもそも覚醒剤って、長井長義っていう日本の科学者がつくって、それを軍隊が使ったんだから」


「覚醒剤？」

わたしはどんな顔をしていいかわからず、曖昧《あいまい》な笑顔をうかべた。

無影灯のどこか青白い光が布を通して網膜に突き刺さる。手術台はやはり冷たかった。

「伊豆下田カントリーの件だけどさ」

「ああ、あれね」

「ま、いいや、ということで」

「そうかね」

「ま、いいや。そういうことで」

「じゃあ、埋めあわせはするから」

「そう。そっちのほうがいいんですよ、じつは、僕としては」

医師たちは含み笑いを洩らしながら無駄話をしている。やがて話の矛先は看護婦に向いた。

複数の看護婦の嬌声を聞きながら、ばかやろう、と思った。あんたらは慣れきった手術なんだろうけれど、こっちは初めてのことなのだ。初体験なのだ。

処女を失って出血多量で死んだ女はいないだろうが、ひょっとしたら鎖骨をつなぐだけとはいえ、たくさん血が流れてすうっと意識がとぎれて死んでしまうかもしれないではないか。

まるで死体のように顔に白い布をかけられて、わたしは第三者のように、そんなことを考えていた。

婦長が言ったように、不安あるいは恐怖といったものはかけらもない。ふだんと同じくあれこれ思考をするのだが、まるで他人事だ。

それは、たとえばレストランで隣の席に座った客がじつにつまらないことを言っていて、しようがないなあと心のなかで嗤《わら》ったり嘆いたり毒づいたりするのにちかい。

「きれいな肌してるよね」

医師が言った。わたしは布で見えないにもかかわらず愛想笑いをかえした。そしていまの台詞は中年の医師が看護婦に向かって言ったのだということに気づいた。

医師はふたり。看護婦もふたり。気配から人数を推察して、孤独だなあと思う。わたしはひとりだ。

まったく局部麻酔というものは最低だ。わたしは妙に醒《さ》めた気分で、気怠ささえ覚えながら、硬い手術台に軀を横たえている。

ふと、気づいた。きれいな肌と言いながら、医師はわたしの左の鎖骨の上の皮膚を切り開いたのだ。気づいたときには、手術は始まっていた。

医師の深呼吸するような息が聴こえた。それきり医師たちは無駄口をたたくのをやめ、ときにわたしの左肩は強引に引っ張られ、わずかに揺れたりする。

バック・グラウンド・ミュージックでも流せばいいのだ。わたしが定期的に歯石を落としに行く歯科医院など、バロックをちいさな音で流して、思わず眠ってしまいそうなほどの雰囲気だ。

それにくらべて外科手術というものは、つめたく取り澄ましたフランス料理店のようにナイフとフォークが触れあうのに似たカチャカチャいう金属音がするだけで、かなり寒々としている。

わたしの軀を修復する作業は着々と、淡々と進んでいるらしい。背中の肩胛骨《けんこうこつ》のあたりが滑るような気がする。血が流れているのだ……冷静に認識する。

医師の鼻息。なにやら小声で看護婦に指示する囁き。やたらくっきりとした看護婦の返事。やがて一段落したのか、医師どうしの会話が聴こえた。

「これね」

「ああ……なるほど。華奢《きゃしゃ》なもんだ」

「ペンチとって」

「ラジオペンチ？」

あきれた。ペンチというのは、大工仕事に使う道具ではないか。

「プレートは不要なわけよ」

「なるほどねえ」

「ピンがあとの処置も楽なの」

「ハンマー、叩きましょうか」

「うん。やってみな」

どうやらわたしの軀を使って、若い医師に実践的大工仕事をレクチャーしているようだ。カンカンと即物的な音が響く。そのたびにわたしの軀は揺れて、動く。

「いいよ。うん。そう、沿うように。うまい。筋、いいじゃないか」

悪かったら困る。わたしの鎖骨だぞ。

「端を折って」

「何センチ？」

「自分で判断しな」

おいおい、ちゃんと指示を出せよな。

「あれ、切れねえな」

だいじょうぶかなあ……。

「ねえ、切れませんよ」

「どれ、貸してみな」

医師がわたしの上にのしかかるようにして息んでいる。

「あれぇー、なんだ、このピンカッター。じつに切れないな」

「でしょう？」

「切れないよ！」

医師が悲鳴にちかい声をあげた。逆にわたしは婦長のいう覚醒剤のせいか他人事のように周囲の狼狽の雰囲気を受け止めている。

やがて医師たちは無言になり、ただわたしの上にのしかかるようにして悪戦苦闘する気配だけが伝わってきた。

どれほど時間がたったことだろう。看護婦がわたしの切り開かれた部分をせわしなく拭《ぬぐ》っているのがわかった。

そんなに血が流れているのか……溜息まじりに思って、はっとした。さきほどまでは傷口の周辺はなにも感じられなかった。一切感覚がなかった。痺《しび》れているという感じさえなかった。

それがいま、微妙に痺れている感じがして、看護婦が触っているのがわかる。触覚が戻ってきているのだ。

つまり、麻酔が切れかけている。

医師が手間どっているせいで、麻酔の効きめが切れてきたのだ。

わたしはびくっとした。恐怖までには至らないが、幽かにパニック状態の予感がした。

看護婦が顔の上の布をずらすようにしてわたしの顔をのぞきこんだ。

わたしはすがるようにして彼女の顔を見つめた。看護婦はしもぶくれな顔をした若い娘だった。このときわたしは、看護婦だけでなく、手術を担当している医師の顔さえ知らないことに気づいた。

鎖骨をつなぐ手術なんて、そんなものなのだろうか。わたしの顔をのぞきこんだ看護婦が、医師になにやら勢いこんで報告している。

いままで冷静になりゆきを見守っていたわたしであったが、もうそんな余裕はない。気のせいか、左の首の下の皮膚がピリピリと痛みはじめて、歯をくいしばる。

慌ただしい時間が過ぎていった。医師が耳元で、縫合しますからね、と言ったような気がした。

錯覚ではない。幻覚ではない。麻酔は切れかけ、傷を縫いあわす針が刺さるたびに鋭い痛みが皮膚の表面をはしっていく。

3

金曜日の深夜、仕事を終えた夫はオートバイを飛ばして、南伊豆の病院までやってきた。ＢＭＷは修理屋にあずけて、代車として借りた国産のナナハンに乗ってきたという。

「いや、これがなかなかだ。ＢＭＷは実用的ではあるが、スポーティさの質が違うだろう。今日乗ってきたのはメッサーシュミットとかの飛行機なんかといっしょの油冷エンジンなんだが、見直した。外車に較べて尖ってはいるが、意外にいい味だしてるよ」

わたしがギプスで固められてお風呂にさえ満足に入れないというのに意気ごんで喋る。

わたしはあの恐怖の大工仕事、いや外科手術の顚末を語ろうと思っていたのだが、その気をなくして、窓の外、眼下にひろがる駿河湾の漁火《いさりび》を見つめる。

「お金は」

つめたい声で訊くと、夫はわたしの耳に口を寄せて言った。

「任意保険さまさまだよ」

「いい気なものね」

「怒ったのか」

わたしが横を向くと、夫はいきなりギプスの隙間に手を挿しいれた。夫の指先はかろうじて乳首をとらえた。

「かわいそうに……つぶれちまって」

「やめて」

夫はギプスから手を抜くと、こんどは太腿に触れた。借り物の寝巻きの裾がめくれて下着があらわになった。夫の眼はそれこそ血走っている。

わたしと夫は無言で揉みあった。ここは病院である。個室とはいえ、騒ぐわけにはいかない。

結局わたしは組み敷かれてしまった。胸から上をギプスで固められていては逆らいようがない。なによりもわたしは、鎖骨を骨折していて、まだ手術跡さえ癒着していないのだから。

夫の指先がショーツにかかった。わたしは羞恥心で軀が熱くなった。哀願した。

「やめて。お風呂に入っていないから……」

しかし、夫は荒い吐息でわたしの下半身をあらわにすると、いきなり顔を埋めた。

わたしが身を捩って暴れると、抑えた声で言った。

「俺がきれいにしてやる」

つい今し方までの荒々しい夫とは別人のようだ。顔をそらすようにして、背を丸めて自分の軀の後始末をしている。

わたしはこういった行為があることさえ忘れていた。おそらくは傷を治さなければならないという生き物の本能と、痛み止めなどの抗生物質のせいだろう。

それにしても腹立たしい。わたしは夫にとって便所のようなものなのか。

さらには夫に強引に犯されたにもかかわらず、幾度か頂点を味わってしまった自分自身も情けない。

わたしは新しい下着を身につけ、寝巻きの裾をなおしてベッドに軀をあずけた。部屋の電気は消したままだ。漁火が朱色に揺れている。

眼をとじると、海鳴りがとどく。いつもなら海鳴りのひくい振動は、苛立《いらだ》っているわたしの心を慰めるのだが、今夜はわたしの心を鎮めはしなかった。

「すまん」

小声で夫があやまった。わたしは無視して眼をとじている。溜息が洩れた。

「すまん……」

夫はもう一度あやまった。わたしは薄く眼をひらいた。夫は簡易ベッドを組み立てていた。しょげていた。

かわいそうだとは思ったが、許す気にはなれなかった。わたしはふたたび眼をとじた。

新婚旅行は北海道だった。三年前の夏だ。オートバイに二人乗りをしてひたすら国道を走って青森からフェリーに乗って北海道に上陸した。

新婚旅行の費用で青いＢＭＷを買ったのだ。いまでこそありとあらゆる改造を施されてはいるが、北海道に渡ったときは、無改造だった。

とはいえ、ＢＭＷを買ってしまったから、旅行の費用は殆どなくなってしまった。だから北海道では夫とふたり、キャンプ場をめぐって土の上に寝た。

あの二週間は楽しかった。おたがいテントのなかで毎晩求めあった。そればかりか林道を走っているときは、原生林のなかで愛しあった。

わたしは思い出から醒め、溜息をついた。そのとき、わたしのなかから夫の放ったものがあふれ、流れだした。

下着を汚した夫は、驚くほど大量だった。そして、熱かった。

わたしは眼を瞠《みは》った。

夫は背を向けて、両手を組んで簡易ベッドに座っている。好きなたばこも遠慮して、しょんぼりと夜を透かし見ている。

わたしは呼吸を整えて、わたしの下着にあふれた夫の熱を意識しながら言った。

「月曜日には退院できそうよ」

しばらく間をおいて夫はわたしの方を向いた。

「二週間かかるんじゃなかったのか?」

「日曜日で点滴は終わるの。点滴が終わったら、ここにいる意味はないって婦長さんが言っていた」

「そうか」

「仕事を休んで、車で……迎えにきて」

「そうだな。そうしよう」

「ねえ、あなた」

「なんだ」

「なんでもない」

わたしは沖の漁火を見つめた。夫もわたしの視線を追った。漁火を見つめている夫の横顔をわたしはさりげなく見た。不精髭。寝癖のついた髪。

子供みたいな人だ。困った人だ。

夫は漁火を見つめたまま、ぼそりと言った。

「もう、おまえを単車に乗せることはない」

「そうね」

「おまえの肌に傷がつくことは耐えられない」

夫は顔を両手で覆った。それなりに反省はしているのだ。

わたしはなんとなく拳をつくり、鎖骨を固めたギプスをコツコツ叩いた。わたしのなかに大量に放たれた夫の液体のぬくもりが愛しい。もうしばらくこのままでいようと思った。

カオル

くらがりのなかでスイッチを手探りした。カオルの手がすっ、と絡んだ。

「ここ」

ベッド・サイドの蛍光灯が瞬いた。

私はまぶしさに顔をしかめた。

「お鼻に皺《しわ》が寄って、虎みたい」

「うるさい」

「自分が灯をつけようとしてたんじゃない」

私は無視して煙草のフィルターを千切った。自分の煙草は切らしていた。とてもじゃないが、カオルのメンソールをそのまま喫《す》う気にはなれない。

「格好つけてる」

カオルはベッドの中で腹這《はらば》いになり、上眼遣いで私を見つめた。

「両切りにすると、おいしい？」

私は相手にせず、カオルのちいさなシルバーのジッポーを手にとる。

「ジッポーじゃないわ。ティファニーよ」

「——おれは何も言ってないぜ」

「わかるわよ。あなたが何を考えているかぐらい」

カオルは寝返りをうち、ブランケットを顎まで引きあげて微笑した。

私は微かな息ぐるしさを覚えた。

フリントから飛ぶ火花を見つめる。

「線香花火みたい」

カオルはあいかわらず微笑している。

「つかない。オイルを切らしてるのか」

「しつこくやって」

私は首をねじ曲げた。

「しつこく、やって」

カオルが潤んだ瞳で繰りかえした。

「ばかやろう」

私はかろうじて呟いた。
カオルは手を伸ばし、私からオイル・ライターをとりあげた。
「オイルといっしょに、コロンを混ぜてあるの」
カオルは一発で火をつけた。
なるほど。炎の色がちがう。妙に赤っぽい。
そう認識したとたん、カオルの香りがライターから立ち昇った。
私は芳香を胸に満たし、ライターに顔をちかづけた。
煙を吸いこむと、さらに強烈なカオルの香りが喉《のど》を擽《くすぐ》った。
私はひどく噎《む》せた。
眼尻に涙がういた。
「初めて？　煙草を喫ったのは」
嘲笑《わら》われながら、私は苦笑した。わるくない気分だった。
「わたしも喫うわ」
カオルはメンソールをもったいつけて人差指と中指の根元にはさんだ。
細く、長く、かたちの良い指だ。細巻きのメンソールが似合う。
ふと、カオルの指のダイヤモンドに目がいった。
見事なブリリアント・カットだ。五八面体が蛍光灯の光を屈折させて、青白く輝く。

台はプラチナだ。相当に高価なものだろう。

「なにを見ているの？」

「おまえの薬指だ」

カオルは薬指を器用にコの字形に曲げてみせた。

私の顔の前に突きだす。

絡まった蛍光灯の白い光が増幅されて私の眼を撃つ。

「ふさわしくない。おまえには」

「そう、おもう？」

「年寄りじみている」

私はカオルがいま、全裸であると信じていたのだ。

カオルの薬指を占領した冷たい青は、私に対する裏切りだ。

「嫉妬してるの」

顔を寄せて囁いてきた。

「嫉妬？」

かるく、いなそうとおもった。声がかすかにうわずった。

「モノをくれたがる男が多いのよ。でも、わたしがほんとうに欲しがっているものをくれる男はいない……」

カオルは顔の前にダイヤモンドをかざした。

「蛍光灯の光って嫌い」

「たしかに部屋の調度からいったら、不釣合だな」

私は気をとりなおして煙草を喫う。喉がジンと沁みて胃が縮み、私は覚醒していく。

「わざと蛍光灯にしたのよ」

「なぜ」

「人工の光っていうじゃない」

私は笑いかけて、けっきょく真顔になった。

カオルは短く溜息をついた。

「ふつうの電球だって人工の光じゃないか」

私はすこしムキになって言い、照れた。

カオルは聞こえぬふりをして、手のなかの煙草を弄《もてあそ》んだ。

「わたしも両切りにするわ」

「やめておけ」

「いや」

カオルは不器用にフィルターを千切った。そのまま口にくわえる。

私は自分の煙草をちかづけ、火を移してやった。

「灯《あかり》を消すわ」

暗闇のなかに朱色の光がふたつうかんだ。

私は起こしていた上体をゆっくり倒した。ベッドがちいさくギシ……ときしんだ。

カオルは私の胸の上に体をあずけてきた。ゆっくり顔を寄せる気配。

「おねがい。口を軽くあけて」

「こうか」

そっとカオルの舌が忍びこんできた。

カオルの舌が私の舌に触れた。

ピリッ、と刺激がはしった。

私の舌先にのこされたのは、煙草の葉であった。

私は闇のなかで顔をしかめてみせた。

気配が伝わったのだろう、カオルはちいさい声でククッと笑った。

悪戯《いたずら》っぽい笑い声だ。妙に幼くもある。

「からい？」

「ああ」

「あなたにくちづけすると、いつもそんな味がするのよ」

「おおげさだ」

「おおげさでないもの」

私は眼をとじた。たしかにカオルの味覚は鋭い。私などとは比較にならない。しかし、こんなこともある。テリーヌを食べていた。店内でカオルは目立つ。周囲の人々はさりげなくカオルをうかがっていた。

カオルはあきらかに神経質になっていた。いきなり甲高い声をあげた。

『これ、洗剤の味がするわ！』

私が止めるのもきかず、カオルはシェフに因縁をつけたものだ。

味覚の鋭敏さと神経過敏には、あきらかに類似があるとおもう。

私は過敏にならざるをえないカオルが哀れでならない。

＊

初めに私がカオルに抱いていた気持ちは、惹《ひ》かれていなかったといえば嘘になるが、友情にちかい気持ちだったとおもう。

カオルは私の好意とでもいうべき気持ちを敏感に察した。

私は痩《や》せた軀が嫌いではない。

正直に告白すれば、カオルの軀つきには眩暈《めまい》にちかいものを覚えていた。

私は苦笑した。

「なにを笑っているの？」

「――友情にちかい欲望だ」

闇のなかでカオルは肩をすくめた。

私はカオルに煙草を渡した。

「消すの？」

「消してくれ」

「わたしも消そおっと」

カオルはトレーに煙草を押しあて、丹念に揉み消した。

「くらいわね」

私は答えず、宙を睨んだ。

「こわい顔、してる？」

「いや」

「こわい顔してるわよ」

カオルは私の腋下に顔をうずめた。尖った鼻先が私を擽る。

「あなたの匂い……」

カオルは私の腋下に狂おしく接吻した。

「昂《たかぶ》るの。気がへんになりそう」

カオルは私の手をとり、自分の軀に誘導して確認させた。

「あなたの匂いが好きなの……」

焦《じ》らすつもりはないのだが、私はコロン入りのオイル・ライターに似て、発火が遅い。

カオルは焦れた。

私の肩口をきつく咬んだ。

愛情表現というよりは殺意にちかい。

カオルの熱は、私などとは比較にならない。痩せた軀に、とてつもない情熱を秘めている。

情熱は、しばしば狂気にちかづいていく。

それが情熱の宿命だ。

私は痛みに耐える。意地になっているのかもしれない。いや、意地を張っているのだ。

純白の鏃《やじり》をおもわせるカオルの糸切り歯。

糸切り歯は犬歯ともいう。

カオルは獰猛《どうもう》な、美しい犬だ。

からだをくねらせ、私を咬む。加減なしで、だ。

私は耐えきれなくなり、カオルともつれあう。

肌と肌がこすれあい、幽かだが饐《す》えた匂いが立ち昇る。

皮膚と皮膚との摩擦でおきる、汗ばんだ静電気。私とカオルの軀に極限まで蓄電して、あとわずかでカオルの細く柔らかな髪から暗闇に青白く放電する。

「鉄の味がするわ」

囁くように言って、カオルは牙をはずした。

「あなたの血って、腥《なまぐさ》い」

鋭い痛みは遠のいていったが、こんどは肩全体を鈍痛が支配した。

「男の血って塩からくて、嫌な味がする」

私は妻にこの咬み跡、いや傷を問いつめられることを想った。食道を這い昇ってきた溜息をかろうじて抑えこむ。

カオルは獣がするように丹念に傷口を舐《な》めている。

犬歯で肉に穿った穴に、舌を挿し入れるかのように舐める。

「痛い？」

私は沈黙している。

「罰よ」

罰？

私がなにをしたというのか。

おもわず決まり文句を口にしそうになり、呑み込んだ。喉が鳴った。

カオルは私を傷つけることによって鎮まっている。血を味わうことによって、和みはじめてさえいる。

「ずっと舐めていると苦いわ」

傷に口をあてたままカオルは言った。

「哀しいくらい苦い味になるの」

カオルの唇が私の傷を擽る。

「わたしの血も苦いのかしら」

咬まれることを期待しているのだ。

しかし、私には、どうしてもそれができない。

暴力的になることはたやすい。だが私のふるう力はあくまでも暴力的であって、暴力ではない。

カオルのように肉を咬み千切り、血を愉しみ、咬み切った肉片を咀嚼《そしやく》しかねない切実さが、私にはないのだ。

私とカオルの間には、ふつうの男女にはない溝がある。

それに私はカオルのように若くない。

あきらめがあるのだ。何事に対しても。

下手をすると、自分とカオルの関係さえ冷笑しかねない。

おかしいから笑うのではなくて、あきらめたせいで微笑する。一歩退いた笑顔の寂しさを愛《いと》しむほどに私は衰えつつあるのだ。

カオルは若い。痩せてはいるが、柔軟だ。それは、心にもいえる。

心に余分なものをもっていないのだ。

衰えた……などと独白する年齢ではないのだが。私は心に余分なものを貯めすぎた。

カオルはまぶしい。

私と繋がるためならば、私の肉を咬み千切らんばかりの切迫した切実さを発揮する。

「なにを考えているの？」

「おれの軀を、おまえに食わせちまいたい」

「――おいしくないわ」

拗《す》ねた口調がいじらしく、愛しかった。

私は発火した。

カオルをうつ伏せにする。強引に、だ。

痩せた軀なのだ。その気になればたやすい。

カオルが逆らう。

闇に慣れた眼が、カオルの尻の白いふくらみを感知する。

白蛇を想った。

私は猛《たけ》った。

背後から羽交い締めにする。

「いや」

カオルは私を加減なしに痛めつけるくせに、自分に与えられる力には過敏だ。

「くるしい」

「許さん」

「許して」

私は硬直をカオルの尻に押しあてる。

カオルの軀に緊張がはしる。

「いじめて……」

カオルは虚脱して、哀れっぽい眼差しをつくる。

芝居じみているが、けっきょく行為の本質は芝居なのだ。

ならば私は、暴漢の役割を演じよう。

有無をいわさず、押し入るのだ。

カオルが細く長くくるしげな吐息を洩らし、ふるえた。

「やさしく」

私は荒々しく動く。

「やさしくして」

私はカオルの顔をシーツに押しつける。

「いい……」

声にならない声がカオルの唇からとどく。

「奥までいっぱいだぜ」

私はひどく下卑た声で迫る。

「いっぱい」

カオルが繰りかえし、シーツをきつく咬む。

ベッドがきしむ。

「あなたが……」

カオルは切れ切れに口走る。

「あなたが来るようになってからよ」

カオルはかろうじて首をねじ曲げる。

「ベッドがこんなに音がする……」

カオルが揺れた。

合わせて爆《は》ぜる。

重なり合ったまま、浅い睡《ねむ》りにおちる。

朝の鳥の声がする。
カオルは静かな寝息をたてている。しかし私は朝の光が見たかった。
手をのばし、ブラインドを開く。
ベッド・サイドが黄金色に輝いた。私は瞳を細め、カオルを向く。
まだ乳臭い匂いのする美少年には朝日がふさわしい。私はカオルの顎の産毛のような
鬚《ひげ》を見つめて満足の溜息をついた。

秋の話

1

真夏の生まれだ。八月二日。オイチョカブでいえば、ブッツリとかブタなどと呼ばれる情けない数字、いや日付だ。

人生が本物のオイチョカブならば、そして私の生まれ育った地域のルールならば、もう一枚札をひいてオイチョなりカブなりに逆転できる可能性があるのだが、五十歳になってしまったいま、人生に逆転の可能性はないだろう。

だからといって、私は自分の人生に失望しているわけではない。いや……失望などという言葉がでてくるのだ、満足してはいないのかもしれない。

だが、いったいなにを逆転しようというのだろうか。逆転するもなにも、私は負けたつもりはない。ただ、なんとなく首筋のあたりが寒いような気がするのだ。そんな私の漠然とした愁訴は、感傷と名づけるべきものかもしれない。

恥ずかしくなってきた。こんな独白を聴かされるのはじつに迷惑な話だと思う。私の人生など、あなたにはなんの興味もないだろう。私も本音を言ってしまえば、あなたの人生になんの興味もない。

だいたいほんのすこし前までは、人生なる言葉に強烈な嫌悪を覚えていたのだ。人生。青春。酔っぱらってもいないのにそういった科白《せりふ》を口ばしる厚顔無恥な輩《やから》。

厚顔無恥といえば、最近はやりのオカルト馬鹿や超能力馬鹿、エコロジー馬鹿には辟《へき》易《えき》させられる。私の誕生日のことだ。十七になる息子がお祝いに寿司が食いたいと言いだした。

私の誕生日にかこつけて、寿司を食わせろというのだ。別にプレゼントなど欲しくはない。しかし、なぜ私がおまえに寿司を食わせなければならんのだ？　と考えこんだ。すぐに考えなおした。歯の浮くようなハッピーバースデイにどうでもいいネクタイピンかなにかを仰々しくプレゼントされるよりは、まあ、ましだ。

八月二日、会社を定時に終えた私は数寄屋橋《すきやばし》のパブに向かった。この店はコーヒーや紅茶もあるので、十七歳の息子との待ち合わせにふさわしいと判断したのだ。

店内は混みあっていた。空調の関係だろうか。柔らかく回転する帯のようにタバコの煙が中空を漂っている。

竜彦はカウンターに座って、足をぶらぶらさせていた。違和感があった。妙に大人びていて、自分の倅《せがれ》に見えない。

「生意気にビールなんぞ飲みやがって」

背後から軽く頭を小突くと、竜彦は得意そうに親指を立てて振り向いた。私は隣に座った。熱いおしぼりで首筋や額の汗を拭った。おしぼりからは微かだが、汗と皮脂で汚れて蒸れた靴下のような臭いがした。

私は竜彦とおなじ銘柄のオランダのビールを頼んだ。バーテンは竜彦と私を交互に見較べて、納得したように頷いた。私と竜彦は、驚くほどそっくりな顔をしているのだ。誰が見ても父と息子というわけだ。

竜彦はサーフボードも持っていないくせに、自称サーファーとやらで、髪を伸ばし、まるで潮焼けしたかのように髪を茶色く脱色している。

初めて脱色したときは、安くあげようと企《たくら》んでオキシフルを使ったらしいのだが、指紋が溶けてなくなって、大騒ぎをしていた。こんな髪をしていても、高校ではなんの問題もないらしい。

ともあれ私に似てあまり勉強ができるほうではないので、無理をさせず私立高校に入学させたのだが、竜彦に言わせると『馬鹿の収容所』とのことで、私がその私立高校入学にＯＫをだしたことが不満らしい。

「なあ、オヤジ。あれって同伴出勤？」

唐突に斜め横の席を顎でしゃくって竜彦が訊いた。正確なブランド名は失念したが、舶来のベルサッチャーとかという風呂敷のような派手な模様のはいった服を着込んだ女と、私と同年輩のいかにも歯槽膿漏《しそうのうろう》が臭いそうな恰幅のいい男が軀を寄せあってなにやら笑い声をあげている。

「ああ、そんなところだ」

いささか投げ遣《や》りに答えると、竜彦は皮肉な声でさらに訊いてきた。

「オヤジも、ああして鼻の下をのばして、ネーチャンつれて店へ行くのか？」

「――ときどきな」

私は見栄を張ってしまった。息子は曖昧な表情をした。羨《うらや》むような、腹立たしいような、歪《ゆが》んだ笑いをうかべた。

「まぐあうのか？」

「まぐあう？」

「性交だよ、性交」

「まぐわう、だろう」

「こまけえなあ。やるのか、やらねえのかだよ」

「誰に向かって口きいてるんだ」

私たちのやりとりをそれとなく聞いていたバーテンが含み笑いを洩らした。私は恥ずかしさを覚え、ビールをひと口、飲んだ。恥ずかしさのなかには、不思議なことに誇らしさのような感情も含まれていた。

「しかし、ホステスって、化石みたいだな」

「化石？」

「信じられない服のセンスだよ。そんでもって、オフにジーンズ決めても、水がしたたっちゃうのね、なに着てもホステス」

「しかたないさ。年寄りを相手にするんだ」

「オヤジみたいな？」

私は黙りこむ。竜彦の鬱屈《うっくつ》の背後には、過剰なほどの性的な欲求があるようだ。カウンターに肘をつく。顎を支える。ふう……吐息が洩れる。

食糧事情があまりよくなかったにもかかわらず、竜彦とおなじくらいの年頃の私は、毎晩自慰に励んだ。一日に数度おこなった記憶もある。自己嫌悪に苛《さいな》まれながらも、私は硬直した分身を握りしめ、せわしない手仕事に励んだものだ。

包皮を剝《む》いて、菜種油を潤滑剤に使って露出した部分を直接刺激するという技法を悪い先輩に教わって、身を捩《よじ》りながら手仕事に励んでいたところを母に見つかったこともあった。

あのとき、私と母のあいだにはある性的な電流のようなものが流れた。私は居直ったわけではないが、食用油で輝く、硬直したままの分身を誇示するように母に向けた。母はしばらく私の滑稽な姿を凝視して、無言で背を向けた。背を向ける直前、母の瞳は潤んでいたように思う。唇の端が、まるで笑っているかのように歪んでいた。

初体験はやはり先輩につれて行かれた赤線だった。娼婦はいつまでたっても終わらない私をひどくなじった。なにが初めてか！　というのが怒りの理由だ。

私は先輩の教えに忠実すぎたのだ。初めての女性より、日常的につきあっている私の右手の握力のほうが大幅にまさった。つまり、鍛えすぎたのだ。

私は娼婦の見幕に臆してしまい、射精せぬまま情けない笑いをうかべて軀を離した。そして、その夜、私をなじる娼婦の眉間にうかんだ縦皺を脳裏に描きながら、幾度も自慰をおこなった。

「オヤジ、最近、物思いに耽《ふけ》ってばかりいるぜ」

覗きこむ竜彦の気配に我に返った。苦笑した。苦笑には、嬉しさというにはおおげさだが、ホッと安堵したときのような和やかな気分がいくらか含まれていた。

私の様子を多少なりとも気にしていてくれる息子がいる。息子は私を多少馬鹿にしながらも、私がなにを思い、なにを考えているかを気にしている。悪くない。頬がゆるんだ。そんな私の股間のあたりに触れるものがあった。

竜彦が小さなスプーンで私をつついている。私は首をかしげた。どうやら隣に座っていた客が飲んでいたコーヒーのスプーンを、バーテンの隙を狙ってくすねたようだ。

「そんなもの、どうする」

声をひそめて訊くと、竜彦は得意そうにスプーンをこすりはじめた。バーテンに見られないようにちょうど私の股間のあたりでこするので、なんだか妙な気分だ。

一分ほどたっただろうか。竜彦の手のなかで、スプーンがポロッと折れ曲がり、私の腿の上におちた。

「どうだ、オヤジ。超能力だぜ」

ふたつに折れ曲がり、ちぎれたスプーンは私の足を滑るようにして、床におちた。背後の客が私と竜彦を指してなにやら喋っている気配がする。私は超能力馬鹿にむかって醒めた声で言った。

「どこが超能力なんだ」

「どこって、こするだけで、アレなんだぜ」

「たいしたものだ。流行っているのか」

「ああ。クラスの奴は、ほとんどできるぜ」

「誰にでもできるなら、べつに超能力じゃないだろう」

「また、そういう理屈を言う」

「笑わすんじゃない。俺にスプーンを持たせてみろ。即座に折り曲げてやる」

「オヤジの場合、力を加えるんだろ」

「あたりまえだ。だが、手のなかでこするのと、親指をかけてひと息に曲げるのと、どれだけの差があるというんだ？」

竜彦は口を尖らせている。私はついムキになってしまう。

「親指でひと息に曲げるほうが確実で、手っとり早い。うだうだ指先でこすっているなんて、超能力でもなんでもない。効率からいったら、劣る能力だよ。

ひょっとしたら、人間は、その昔、物をこするだけで曲げたり折ったりしてしまう力があったのかもしれない。

しかし、おまえのクラスをのぞく、いまの人間の大部分にその能力がないのは、こするよりも一気に力を加えたほうが早いからだ。

こすって物を曲げる能力がいまの大部分の人間にないのは、必要ないからだ。それは退化した、劣る能力なんだよ」

竜彦は軀を上下左右に揺すった。さも馬鹿にしたふうに言った。

「まわりくってー」

沖縄の方言を聴いたような気がした。回りくどいと言ったのを理解するのに数秒かかった。

「なら、どう言えばいいんだ？」

「手品はやめろ」

「そう。そうしたら僕は頭を掻《か》いてのけぞる。ばれたかーってね」

「手品はやめろ……」

私は肩をすくめた。立ちあがる。竜彦の頭を小突く。

「行くぞ。陸《おか》サーファー」

2

柳鮨につれていこうと思ったが、案の定混んでいた。超能力で時間を潰しすぎたのだ。そこで以前接待に使ったことのある銀座六丁目の寿司屋に入った。記憶は曖昧だが、ネタはまあまあだったと思う。値段はやや高かったが、竜彦がとりあえず寿司という物を知るには手頃だろう。

竜彦は白木のカウンターにかしこまって座っている。私は微かな塩素臭に気づいた。消毒をしたのだろう。漂白をしたのだろう。しかし、食物には、とくになまものには似合わない臭いだ。

失敗したかな……多少がっかりして竜彦を窺う。竜彦は神妙な顔をしてガラスケースのなかの赤や白、茶色や黄色、銀色にクリーム色を盗み見ている。

「なあ、オヤジ。玉子から食うのがツウなんだろう？」

「気にするな。欲しい物を指差せばいいんだよ」

風呂からあがったばかりのような赭《あか》ら顔をした職人が割りこんだ。

「玉子なんて注文は、嫌味だよ」

「なんで？」

「うちのは自家製、しかも、うまいに決まってる」

私は職人と竜彦のやりとりを聴きながら、舌打ちしたい気分をこらえた。職人は竜彦の相手をしながら、私の腕時計にちらっと視線をはしらせたのだ。

やれやれ。銀座によくある下劣な店にすぎなかったようだ。私の腕時計は国産である。十数年愛用しているが、正確無比だ。金色のロレックスでもしていれば、上客、といいたいのだろう。

竜彦はこっちの懐具合も考えず、ひとつ二千円近くする本マグロの大トロを頬張っている。

夏である。本マグロがおいしい時期ではない。キハダの赤身でも食べたいところだが、本マグロさえおいておけば箔《ハク》がつくと思っている二流の店だった。

以前食べたときは、酔っていた。接待という仕事をこなすのに夢中だった。店の本質的な善し悪しなど、念頭になかった。しかし、失敗だった。こんなことならしばらく時間を潰して柳鮨にすればよかった。

「うまいか？」

「バッチシ」

「バッチシか？」

「悪いねえ、こんな高そうな物ばかり食べて」

わざとらしく竜彦は頭を掻く。私は竜彦の醤油に浮かんだマグロの脂を横眼で見て苦笑する。澱んだ東京湾に流れだして虹色に光る廃油の縞模様に見えた。

枯れはじめているとは思いたくないが、竜彦のようにトロばかり頬張る気にはとてもなれない。ステーキでも、霜降りなど見たくもない。

「赤身って、うまいのか？」

どうやらトロを有り難がるよりも、澄ました顔をして赤身を食べているほうが様《さま》になるとでも考えたらしい。しかし十七歳の小僧が赤身なんぞを有り難がるのはゾッとしない。私は無視した。職人が割りこんだ。

「酢メシに合うのは、赤身だね。香りがあるんだ。それに渋み。赤身の渋みは、江戸前の本質だね」

職人は、頼みもしないうちから勝手に赤身を握って、竜彦の前においた。

私は職人を睨みつけていた。自分の職業や技術に誇りを持つのはけっこうだが、偉そうに能書きをたれる寿司屋ほど下劣なものはない。

たかが、おにぎり屋である。職人面《づら》した小者ほど矮小《わいしょう》で惨《みじ》めったらしいものはない。

私は職人を睨みつけたまま言った。

「平目を握れ」

馬鹿職人はさも軽蔑したふうに答えた。

「平目……ちょっと、ないねえ」

私は無表情に受ける。

「黙って星がれいを握って出せばいいんだよ」

もちろん、この程度の店では星がれいなど仕入れていないことを見越したうえでの嫌味である。

職人の頬が白くなった。竜彦は私と職人を見較べる。どうやら私のほうに分があることを悟ってニヤニヤしている。さて、これからどうしたものかと思案していると、唐突に声をかけられた。

「松村さんじゃない」

麗子という源氏名のホステスである。それ以上のことは知らない。私の横に座って身を寄せる。甘いのだが、どこか線香のような香りのする香水が強烈に匂う。

「ねえ、なにか食べさせて」

私は背後を窺う。まだ二十代の若者が三人。サラリーマン風だが、スーツの仕立ては並ではない。

「いいのか？」

「いいの。田舎者。そんなことよりこちらのサーファーの彼は？」

「息子だ」

「嘘！　似てない」

私はムッとした。誰もが私と竜彦を似ているという。この女はどういう眼をしているのか。

竜彦は頰を赭らめて、しかし図々しく麗子を凝視している。ふと、直感した。麗子は老けた化粧をしているが二十歳前後なのではないか。どちらかといえば、私よりも竜彦と話が合う年齢なのではないか。

「今日は親子の断絶を埋めようとお寿司？」

「まあ、そんなところだ」

「オヤジの誕生日なんです」

「あら、いい息子さんねえ。お父さんにお寿司のプレゼントだ？」

竜彦は照れ笑いして俺の陰に身を隠す。私は顎をしゃくって勘定をしてもらう。

麗子は私が金を払っているのを目の当たりにしながら、竜彦に向かって、お寿司食べ放題のバースデイプレゼントなんて気がきいているわ、などと妙な科《しな》をつくって言う。さらに私の手をとって蕩《とろ》けるような声で言った。

「ねえ、松村さん。お店、いらして。シャンパンでお誕生日のお祝いをしましょう」

私は思わずこめかみを揉む。シャンパンが無料《ただ》で、そのあとの諸々も無料ならばよろこんでいらしてあげるのだが。

★

懈《だる》さを覚えたので、タクシーを拾った。中央快速に乗る気になれなかったのだ。今日は私の五十歳の誕生日。一万円弱のタクシー代くらい大目に見てもらおう。

竜彦は当然のような顔をしてふんぞり返っている。私は運転手に首都高速にはいるように頼んだ。今日は誕生日なのだ。高速代金くらい大目に見てもらおう。

そう思って、気づいた。たしかに私はくどい。大目、大目と、思考までもがおなじ節回しを繰り返す。

タクシーはトンネルのなかにはいった。竜彦が肘で脇腹をつついた。私は我に返る。

ボケ老人になったかのような不安感が遠のいていく。

「なあ、オヤジ、あの脂性《あぶらしよう》の寿司屋、おどおどした顔して腰が引けてたけど、いったいなにをカマしたの？」

「たいしたことじゃない」

「もったいつけるなって」

「俺は平目を注文した」

「うん」

「平目は、冬の魚だ。夏はじつに不味《まず》い。猫またぎと言われるくらいで、食えたものじゃない」

「猫またぎ？」

こんなことまで説明しなければならないのかと思うと、ひどく面倒な気分だ。

「猫も喰わずに、またぐというくらいの……」

「あ、使えるな。猫またぎ。吉川なんか、もろ猫またぎだ」

「なんだ？　吉川というのは」

「吉川恵子。クラスにいるのよ。最悪の猫またぎ。そのくせ、ツンケンしやがってさ」

私はかるく眼をとじる。竜彦は吉川恵子という同級生が好きなのだ。

「おい、オヤジィ。話の途中だろ。寝るんじゃねえよ」

「——寝てなんかいないさ。平目は冬の魚だ。夏に注文するのは無粋の極みだ」

「で、あの寿司屋はオヤジを馬鹿にしたわけだ」

「そう。それを想定して俺は平目を注文した」

「なんかオヤジの喋りって、くどくない？　平目を注文したのなんか、わかってるよ」

「黙ってきけ。あの職人は、鬼の首をとったかのように、なんだ……おまえなんかが言うウハウハか」

「ウハウハなんて言わねえよ」

「まあ、いい。ウハウハしたわけだ。そこを見計らって俺は言う。黙って星がれいを握ればいいんだ——」

竜彦は神妙に頷く。私は腕組みして、抑えた声で続ける。

「星がれいは、夏が旬《しゅん》なんだ。味は冬の平目と区別がつかない。ただ、超高級魚でな。あんな程度の店では仕入れているはずがない」

「きついイッパツってわけだ」

私はふたたび眼をとじる。

「オヤジ、詳しいんだな」

「俺のオヤジが寿司好きだった」

「ふーん。僕は今日悟った。寿司なんてどうでもいいや。回転寿司でいい。二十皿ぐらい喰ったほうが、満足する」

それは、健全だ。うまいものを食べたかったら、まず腹を空かせろ、ということだ。

「なあ、オヤジ」

「ああ？」

「こんど麗子の店につれてけよ」

私は失笑する。タクシーは左カーブを曲がっていく。私の軀は遠心力で右に移動する。竜彦の肩によりかかる。竜彦は息んで私を支える。私は吸い込まれるように眠りに落ちていく。

3

秋が身に沁みる。思春期と呼ばれる年頃にも、秋は私にひどく沁みたが、この年齢になると、秋は感傷ではすまされない気配を含んで、肌に絡みつく。

私は会社の用意したハイヤーに肩をすくめるようにして座り、ちいさく溜息をつく。

暮れかけた歩道をプラタナスの落ち葉が北風にあおられて転がっていく。私の耳に、プラタナスの発するカサコソ寂しげな囁きが聴こえる。幻聴ではない。私には、聴こえるのだ。

白手袋の運転手は、私と同年輩だろう。以前はハイヤーのリアシートでふんぞり返るのがなによりも嫌だった。しかし、最近、運転手の丁寧《ていねい》さは仕事であり、プロである証《あかし》であると考えなおした。

私の職業は、売るものは大きいが、客の顔がよく見えない。

けっきょくこの歳まで自動車免許には縁がなかったが、運転手になる、私にはそういった選択肢もあったのだ。しかし私はサービスする側でなく、される側を選んだ。もっともすべての職業は巨視的に見れば、サービス業かもしれない。

最近の私は、なにかというと若かりし頃ばかりを思い出す。思春期まではたしかに成長した。新しいものを吸収し、毛虫が蝶になるとは言わないが、めざましい変貌を遂げた。とくに性に目覚める年頃の変貌には、唖然とさせられるくらいの勢いと熱っぽさがあった。

しかし、いまの私から地位やら身分、歳相応の演技などを脱ぎ棄ててみると、その変貌のほぼ九割を完成させたと思われる十七、八歳の頃で、私の精神の成長は止まっている。

他人からはそれなりに礼を尽くされ、多少は尊敬されているようだが、あきれたことに私は十七歳から成長が止まっているのだ。私の思考や行動の原理は十七歳でほぼ完成し、あとはその原理に年齢に応じた抑制や狡《ずる》さを加えたにすぎないのだ。

それにしても、十七歳の私は、自慰にとりつかれた狂人のようだった。皆、その年頃には、毎日毎晩、自らをこすりあげ、搾りあげ、撒《ま》き散らしたのだろうが、あの底なしで無目的とさえいえるエネルギーは、なんだったのか。

私の精神は良くも悪くも十七歳のときと変わっていないが、白く濁った体液を迸《ほとばし》らせ、その液体が乾かないうちにふたたび握りしめるといったあの野放図な衝動は、もうない。

「松村様、そろそろ日航ホテルですが」

運転手の声に我に返る。銀座八丁目だ。私はハイヤーから降り、駐車している車の脇をすり抜けて、ガードレールまでたどり着く。

ほんの一瞬思案して、ガードレールをまたぐ。昔のようにさりげなく、素早く飛び越えることはできなかった。両手をつき、掌を汚し、さらに足を引っかけ、苦笑しながら、ぎこちなくまたいだ。

麗子と視線があった。

うのだろうが。

★

お若いわあ、という彼女のひとことは、私を傷つけた。とはいえ、無様《ぶざま》にガードレールをまたいだことを無視されるのも、どことなく哀れみを受けているようで、不服に思
麗子は部下たちの姿が見えないことに首をかしげた。私は仕事抜きで、プライベートでやってきたのだ、と釈明するような口調で言った。

「めずらしい。松村さん、たくさん呑むけど、お酒、好きじゃないものね」

小娘にすぎないと侮《あなど》っていた麗子の意外にたしかな観察に、内心唸った。しばらく間をおいて口をひらくと、案外快活に喋ることができた。

「待ち合わせか？　ずいぶんざっくばらんな恰好だが」

「ざっくばらんなんて、死語よ。ラフなスタイルと言って」

「なんだかそれも、死語臭いなあ」

「あ、鋭いシテキ」

シテキが指摘であることを理解するのに数秒かかった。こういうタイミングのずれが、最近の私にとってはじつに疎《うと》ましいものなのだ。首を左右に振りかけた。いきなり麗子が腕をとってきた。

「営業用の服は店のロッカーにつるしてあるの。ここであったが百年目。離しはしないぞ」

「もうすこし見ていたかったな」

「どういうこと?」

「くっついてしまうと、ジーパンに包まれたその大きなお尻が見えないじゃないか」

「わたし、お尻、大きいかなあ」

大きな尻というのは言葉の綾《あや》だ。私はあわてて言いなおした。

「いや、軀にぴったりした服を着ているのは初めて見たが、抜群のスタイルだ」

麗子は当然、といったふうに笑い、いきなり言った。

「わたしって、便秘したことがないの」

面食らった私は、曖昧に頷く。

「俺も、便秘とは縁がない」

「松村さんは、便秘クンだと思ってた。ちがうんだ?」

「ちがう。一日に二度はしゃがむ」

「なんか、とことん溜め込みそうなタイプに見えるけど」

私は麗子の腕を振りほどき、軽く頭を小突いた。麗子は大げさによろけ、蛇行した。

それから思いきり軀をぶつけてきた。ぴったり密着した。

よく考えてみたら、私は麗子の勤めている店に数度しか行ったことがない。麗子とも、たいして口をきいていない。それが偶然会ったとたんに、この親密さだ。

★

いつもは社用で銀座の店を使っていた。こうしてひとりで、誰に気を遣うこともなく酒を口に含むのはなかなかいい気分だが、ふと我に返る瞬間がある。

この寂寥《せきりよう》と孤独はどこからくるのか。柔らかく酔っているようで、芯は醒めている。ついこのあいだまで、私は渦中にいた。いま、私は周囲を観察している。一歩引いて、鷹揚《おうよう》な笑顔で見守っている。

私の吸う空気は、秋の空気だ。吐く息には、微かだが冬の匂い……乾燥しきっていて、髪と髪のあいだで放電する静電気の青い火花の匂いがする。

青い火花は、青春の匂いでもあった。二十歳になる直前につきあった年上の女は、私と自分の髪を摩擦して、暗がりの中でパシッと青白く放電させて、その香りに発情した。

私は彼女の発情に応えた。幾度も奉仕することによろこびを感じていた。だが、女はときどき俯《うつむ》いて、指先を弄《もてあそ》び、泣いた。

啜《すす》り泣き。あの涙は、悔し涙だったのだ。飽くことをしらない私の性的衝動に応えきることのできない年齢を怨んで泣いた。

線の細いひとだった。その発情に軀がついていかないほどに、繊細なひとだった。私はこのひとからいろいろなことを教わった。性的技巧。心の綾。嘘のつきかた。甘えかた。

私は立ちあがった。送ってこようとするママや店の女の子たちを押しとどめた。いいというのに麗子がなかば強引についてきた。

店をでた。フロアでぼんやりエレベーターを待った。麗子が手を引いた。

「こっち」

そこは、非常階段の踊り場だった。ホステスが隠れてタバコを吸うのだろう、フィルターに口紅のついたタバコの吸殻が幾本かおちていた。

ぎこちなくフィルターを汚した赤い口紅から視線をそらす。私は戸惑いを隠せず、ひんやりした空間に立ち尽くす。

麗子は微笑した。私の腰を両手で抱いた。自らの腰を私に押しつけ、密着させた。微妙な圧力が加わった。揺れるように動いた。命の盛りの女の香りが強くなった。

「おおきくなった……」

囁いた。ゆっくり軀を離した。私の耳元に顔を近づけた。

「むかしの松村さんは、こわかったから」

それだけ言って、背を向けた。狭い階段に、靴音が響いた。私はとりのこされ、冷たい壁によりかかり、ぼんやり麗子の靴音を聴いた。

★

その夜、私は自慰をした。幾年ぶりだろう。自分を握っているのだが、なんとも懐かしい感触がした。妻は私の鼾《いびき》がうるさいと、隣の部屋で寝ている。それでも、どことなく羞恥があった。

手早く後始末をした。尿意を催した。立ちあがり、廊下を行くと、竜彦はまだ起きている気配だ。

放尿しながら考えた。ひょっとしたら、いまごろ竜彦も励んでいるかもしれない。苦笑が洩れた。父と子が同時に孤独な手仕事に励んでいる。

私は、気を許すとすぐに頭《こうべ》を垂れ、柔らかく眠りにおちそうな分身をなだめすかし、竜彦はいきり立ち、飽くことをしらない硬直をほぐそうと必死だ。

そんな空想をしているうちに、なぜか目頭が熱くなってきた。トイレの窓から、冷たく青い月と、生き物のように絡みつく雲が見えた。

私は、目頭を押さえ、頷いた。近いうちに竜彦を麗子のいる店につれていってやろうと思った。

ハコの中身

1

前触れというものは、あるものだ。とくに悪いことの前触れというものは。楽屋入りして音楽雑誌を読んでいたら、こんな記事が眼にはいった。

——中途半端でだらけきった時代、七〇年代が終わるまで、あと一年と少々である。まだ七〇年代は終わってはいないが、七〇年代という時代がどのような時代であったかは、概ね見えてきたと言っていいだろう。

僕は政治評論家ではないから、もっぱら音楽をとおしてしか語る言葉をもたないのだが、将来において七〇年代とは、不毛の時代であったと語られることだろう。

ポピュラー音楽イコール、ロックという公式が成り立つほどにロックが浸透して、その観点から現在の状況を語ると、激動の、そしてありとあらゆるものが開花した六〇年代の後、七〇年代に入ってからもてはやされた〈レイドバック〉という言葉は、まさに精神の弛緩と逃避以外の何物でもない。

さらに嘆かわしいことには、七〇年代の黒人音楽の状況はロック以上に絶望的である。僕はここに宣言してしまおう。『七〇年代の黒人音楽は、あのすばらしい六〇年代の遺産を食い潰《つぶ》したにすぎない』と――


俺は音楽雑誌を投げだした。化粧前に嵌《は》め込まれた鏡は端が欠けていて、いくら磨いても曇っている。むっとして三白眼になっている俺の顔が映っている。

馬鹿にするんじゃない。いま、どん底の底辺で、必死に音楽をやっている俺たちはどうなるのだ。

底辺とはいえ、音楽やりたさに高校を中退した俺が音楽で飯を食えるようになったのは数年前、つまり七〇年代の半ばすぎで、ひたすら耐えてここまできた。

その七〇年代を否定されては腹がおさまらない。だいたい楽器も満足に弾けない評論家に感覚だけで偉そうにあれこれ書かれてはたまらない。

なんという卑しい商売なのだろう。他人を否定して飯を食うとは……。この文章を書いた男はなにも造りださないくせして、自分が神様になったつもりでいるのだ。

たしかに現在の相対的な音楽状況は、この男の書いているとおりなのかもしれない。しかし、この男は自分が得意がってまわりを切り捨てているだけで、愛情のかけらもない。けっきょく、断罪するだけで、なにも造りださないのだ。

鏡のなかの俺の顔は、泣き笑いだ。

直接俺が否定されたわけではない。いや、この評論家にしてみれば、ディスコでギターを弾いている俺など、評論以前のゴミみたいなものだろう。

溜息をついた後、息を吸うと、便所の小便臭い臭《にお》いが胸いっぱいに満ちた。

ディスコの楽屋なんてどこも似たようなものだ。ここは化粧前があるだけましだ。ただのロッカールームを楽屋と称しているところがいくらでもある。

ただ、なぜかどこのディスコの楽屋にも共通しているのが、小便臭いということだ。便所の臭いと共存しなければならないということだ。乾いた尿の臭いのしない楽屋というものに出合ったことはいまだかつてない。

俺はふたたび音楽雑誌をつかみ、床に叩きつけた。自分の太腿をスティックで一心に叩いていたドラムスの貝塚が顔をあげた。

「荒れてるじゃん」

「音楽に関しては、七〇年代は不毛の時代だってさ」

「言えるわな」

「いまの黒人音楽はあのすばらしい六〇年代の遺産を食い潰しているんだってさ」

「ま、そのとおりだわな」

「じゃあ、俺たちのやってることはナニよ?」

「デスコのハコバンだわな」

「……デスコのハコバンか……」

「まだ、若いのう。十九じゃ、しようがないか。錠一郎の向上心は悪くないけど、身の程ってやつだわな」

ふだんだったら若いと言われるとかなり反発を覚える俺であるが、なんだか軀から力が抜けてしまった。

どんなにいきがっても、しょせん俺たちは、新宿歌舞伎町のビルの五階にあるディスコのハコにすぎないのだ。

「あんまし深く考えるなって。俺たちはノルマをこなせばいいんだよ。俺たちはダンシングマシーンだわな」

聡美がメイクの途中の顔をあげて、吐きだすように言った。

「貝塚さん、その『だわな』ってのの、やめてくれない？」

「仕方がないわな。口癖だわな」

貝塚は薄笑いをうかべて切り返す。とたんに楽屋内の空気はぎこちなくなり、わざとらしくなる。

聡美は貝塚に負けない薄笑いをうかべながら、メイクに精をだす。貝塚の薄笑いは硬直していき、苦く酸っぱいものが漂う。貝塚は聡美を口説いてふられたらしい。

俺も聡美を口説きたいところだが、自意識過剰のせいか、ノオと言われることを想像しただけで、その気をなくしてしまう。

メイクの途中の聡美の顔は、中途半端にひいた派手なアイラインのせいで狸みたいだ。素顔のときのキリッとした表情とはまた違う愛らしさというか、愛敬がある。

ただし、聡美はじつにきつい性格だ。涙腺を忘れた女だ。人間離れした気の強さを誇っている。

それなのにボーカルはしっとりとしたいい味がある。ときどき音程がフラットするという悪い癖があるのだが、リズム感が抜群なので、本物の黒人よりかっこいいソウルバラードを唄う。

俺たちがハコとしてこのディスコで仕事ができるのも、バンドに聡美というボーカリストがいるからだ。

もし聡美がいなかったら……あまり考えたくはないが、それなりに器用になんでもこなせるトラとして重宝される程度で、まあ、相手にされていないだろう。

「錠一郎、錠一郎」

ステージを覗きに行っていたベースの北原がけたたましい声で呼んだ。顔を向けると、声をころして言った。

「来てるぞ、あのブス」

とたんに落ち込んでいた貝塚が元気を取り戻す。

「いやー、うらやましい。じつにうらやましいわな。色男は違うわな」

俺は舌打ちする元気もない。胃のあたりがむかつく。公園のベンチに座って陽が沈むのを見ている老人みたいな溜息が洩れる。

「あのブスは五時の開店と同時にやってきて『女性客は八時まで入場料千円よね』とかほざくんだと。女性客は確かに千八百円のところを千円ですよ。でも、化け物に割引はありません」

なんとも嬉しそうに北原はまくしたてた。九割がたメイクを終えた聡美が割り込んだ。

「でも、このあいだ、ここのジャーマネが言ってたよ。立ちんぼのオカマが八時ぎりぎりにやってきて、割引料金で入れろって騒ぐんだって」

「オカマなら、女性割引で入る権利はあるよ。たとえ青い髭が生えてたってね。でも、あのブスはひどすぎる。存在自体が犯罪ってやつでしょう」

「それはそうね」

「でしょ？」

「まあ、言えてるわね」

「でしょう！」

聡美と北原は頷きあった。俺は頭を抱えていた。まるで芝居の一場面のように、頭を抱えていた。人は本当に困ったことや理不尽なことがおこると、本当に頭を抱えるのだ。

「しかし、錠一郎は酔ってたとはいえ、よくあんな汚物とナニができたな」

「えー、錠一郎くん、あんなのとやっちゃったの？」

「いいかげんにしろよ、北原、てめえ」

「だってよォ、あのブス、みんなに言い触らしてるぜ。錠一郎くんと愛しあってるって」

俺は絶句した。

事実は、こうだ。一週間ほど前のこと。外は冬の気配を孕《はら》んだつめたい雨が降っていたらしいが、ディスコの店内は澱《よど》んで、くもって、タバコの煙と、汗の熱と臭いが充満していた。

ジェームス・ブラウンのナンバーを演奏していたときだった。絡みつく視線に気づいた。

ブスだった。俺は熱っぽい視線を向ける客に対して常に無表情に徹するくらいの修練は積んできたつもりだ。しかし、このブスに対しては、それができなかった。

思わず顔をしかめてしまった。眉根に皺が寄ったかもしれない。

それほどにブスだったのだ。ひとことで言えば、不潔だった。勘弁してくれ！　と泣き声をあげたくなるほど凄まじいミニスカートを穿《は》いていた。紐を巻かれてくびれた贈答用のハムみたいな太腿をおっぴろげて、笑いかけてきた。

大女だった。顔はさらに大きかった。腹のあたりが蛙のように膨らんで、そこにミニスカートのウエストが食い込んで肉が垂れさがっていた。胸のあたりまで伸びた髪にブラシを入れた形跡はなく、端になにか白いものがこびりついていた。米粒だった。

真っ赤な口紅を塗っていた。それが唇からはみだしていた。鼻の頭に吹き出物があった。オカマよりきつい付け睫毛《まつげ》をつけていた。黄色い乱杭歯《らんぐい》を剝《む》きだしにして、笑いかけてきた。

ついに顔をそむけてしまった。正視に耐えなかった。理不尽だ。なぜ、笑いかけられなければならないのか。

人類愛だけでは解決できないことがあるのだ。ほとんどカフカの世界だった。

俺の肌にブスの視線が刺さった。緊張と恐怖で鳥肌がたった。

けっして誇張しているわけではない。俺の肌に刺さった視線には、殺意とでもいうべきものが満ちあふれていたのだから。

不条理。いままで抽象的だったことばが実感として迫ってきた。

このブスは、ただ顔立ちが整っていないというだけではないのだ。拒否されたとたんに、殺意をあらわにした。

名前さえ知らない、ひとことも口をきいたことのないブスは、その日以来、毎日やってきて、俺に嫌がらせをはじめた。

周囲で踊っている者誰彼かまわず、俺との仲を吹聴した。どうやら、俺が強引に迫って、犯したと言っているようなのだ。

聡美がいきなり俺の額を中指で突いた。嘲笑《あざわら》いながら囁いた。

「おでこに青筋たってるよ」

様子を見ていた貝塚がよけいなことを言う。

「息子も青筋たってんじゃない？　しかたないわな」

とたんに聡美が皮肉たっぷりに言う。

「貝塚さんだって、青筋たたせて、お粗末なもので迫ってきたじゃない」

冗談の余地はなかった。空気が尖《とが》って、硬直した。

俺はバンドが崩壊する危険を感じた。ふだんの付きあいはともかく、ようやくバンドとして演奏中のアンサンブルができあがってきたのだ。

北原も同じことを感じたらしい。俺に目くばせした。

「でも、さあ、貝塚さんも錠一郎にはかなわないよ。聡美に対して青筋たっちゃうのは男として当然だけど、錠一郎はあの化け物に青筋たてちゃうんだから、貝塚さんなんかメじゃないよ。僕は人間の欲望の凄まじさにあっけにとられてしまいます」

貝塚が救われたように言った。

「それを変態というんだわな」

俺を生贄《いけにえ》にして、ぎこちない空気はなんとかもとに戻った。俺はギターケースから愛器をとりだす。

フェンダー・テレキャスター。天才ギター製作者、レオ・フェンダーがジョージ・フラトーンと共同で一九四八年に造りあげたソリッド・ボディのエレクトリック・ギターだ。

俺のは一九五八年製。コレクターの対象になるのは五四年以前のモデルだが、そういったことにこだわらなければ、この時代のギターは乾いた切れのいい抜群の音がする。そっと抱き締める。こいつだけは裏切らない。そんな感傷的なことを思いながら、軽くつま弾く。

と、あっさり一弦が切れた。

俺はリズムに命をかけているので、柔らかく細い、つまり切れやすい弦は張っていない。

　それなのにジャズ・ギタリストがよくやるディミニッシュ・コードによる四フレットずつの平行移動を弾いて、空ピックを交えたワーワー・ワトソンのフレーズを弾きかけたとたん、一弦はあっさり切れて、丸まって、垂れさがった。

「あら……」

　北原が哀れむように俺を見た。俺は狼狽《ろうばい》しかけていた。貝塚は肩をすくめた。聡美はメイクの最後の仕上げにとりかかりながら、俺を盗み見た。俺はあわてて新しい一弦をとりだす。

「時間だぜ」

　北原はわざと抑揚を欠いた声で言った。貝塚は立ちあがった。

「適当に間をもたしといてやるから、早く弦を張り替えてこいよ。化け物が待っているわな」

　俺はなんとも情けない笑顔をかえす。北原と貝塚は楽屋から出ていった。俺はあわてて弦をセットする。

　メイクを終えた聡美がじっと見つめていた。俺はさらに焦《あせ》った。

「いて！」

　弦の端が左手人差し指に刺さっていた。いちばん細い一弦の切断面は針のようなのだ。

糸巻きに弦の先を入れようとして、指先に刺してしまった。俺は苦笑して聡美を向いた。指先に黒っぽく見えるくらい真っ赤な血が、玉のように盛りあがっていた。

聡美は俺の顔から視線をはずし、血の玉を凝視した。

血の玉は指先で微妙なバランスを保って揺れている。

「――痛い？」

「けっこう……」

聡美は唇をすぼめるようにして、血の玉を見つめている。俺としては早く処置をしたいのだが、聡美の眼差しが異様に真剣なので、戸惑いながらも血の玉を崩さないようにバランスをとっている。

ふと、聡美は我に返ったように血から視線をはずした。醒めきった、つめたい眼差しで言った。

「ばか」

立ちあがり、背を向ける。ドアのところで首だけ曲げて振り返り、軽蔑しきった口調で言う。

「まったくドジなんだから。とっとと弦張って、ステージに出てこいよ。うちのバンドはあんたとわたしでもっているんだから」

俺は聡美のステージ用ラメ入りスラックスにつつまれた日本人離れした格好いい尻を

ぼんやりと見送って、指先の血に口をつけた。ちゅうちゅう吸うと、すっぱくて遣《や》る瀬《せ》ない、寂しい味がした。

2

平日だというのに、百人は入っている。俺はステージかぶりつきの客の顔を見ないようにして、フェンダーのツイン・リバーヴ・アンプにプラグを差しこむ。アンプのセッティングは終えている。正確に表現すれば、昨夜のステージを終えたときの状態のまま電源を切ってあるだけなのであるが。

どうやら北原がチョッパー奏法でベースを弾いて間をもたしていてくれたようだ。眼でバンドのメンバーに遅れたことの詫びを言い、スイッチ・オン。

俺のアンプは古いセレッション・スピーカーがふたつ入ったもので、いまのツイン・リバーヴとは比較にならない抜群の音がする。繊細で、しかし芯のしっかりした、音像のくっきりした曇りのない音だ。

現在のツイン・リバーヴはフェンダーの自社製スピーカーが入っていて、悪くはないが、あえて金をだして手に入れるほどのものではない。

赤いパイロットランプが点灯して、スピーカーが磁力で張りつめた。ジーという幽かなノイズ。

このノイズは、俺にとって雑音ではない。じっと耳を澄ましていると、どこか勇気づけられるのだ。早くギターを弾いて、奴等をあっと言わせてやれよ、そう囁きかけてくるようだ。

俺は深呼吸する。客から、

「ファンタジーをやれよ」

と、声がかかった。俺はその小僧を睨みつける。

勝手なものだ。以前アース・ウインド&ファイヤーの曲をやると『なに、それ?』と相手にされなかった。そればかりかディスコのマネージャーから『そういうわけのわからん曲はやめて、ディープ・パープルをやれ』とか言われもした。

それが、ヒットしたとたんに、どこへ行ってもアース・ウインド&ファイヤーのファンタジーという曲を強要される。

俺は新宿という街が好きだ。仕事で京都だの福岡のディスコに行ったりもするが、やっぱり新宿がいい。それも歌舞伎町界隈がどこよりもなごむ。

T会館の七階にある某USAという名のディスコなど、歌謡曲までかけて踊らせてしまうという無茶苦茶ぶりだが、悪くない。はじめから徹底して、そういうポリシーなのだから。

浅草のディスコでは、民謡をかけたりして、いきなりフロアが盆踊りの会場と化すそうだ。それも悪くない。

最悪なのは、流行《はや》ったとたんにしたり顔で『ファンタジーをやれよ』という小僧と『ファンタジーをやってくれなくっちゃ』というアイパー頭のディスコのマネージャーだ。このマネージャー、アイパーをかけて、アフロヘアーにしたつもりだから、俺などに勝ち目はないが。

俺は口を尖らせて、ファンタジーのイントロのカッティングを決める。これが仕事だ。なりわいだ。やれと言われれば、軍艦マーチだって弾いてみせる。これがディスコのハコバンの心意気。

我ながらキレのいいリズムだ。十六拍子のオニとは俺のことだ。

そんな具合に自己陶酔して、俺の弾くリズムに貝塚のドラムスと北原の派手なチョッパーベースが絡みだした。

悪くない。かなりのもんだ。かぶりつきにいるであろう例のブスと視線を合わせさえしなければ、かなりのステージができそうだ。

そんなことを考えながら薄く眼をとじたとたんだ。

突如、音がしなくなった。俺のギターだけ沈黙した。

プツッ……そんな呟《つぶや》きのような音がアンプから洩れて、それっきりだ。

あわててプラグを確認する。俺のテレキャスターはアンプにしっかりとつながっている。足元に配線してあるフェイザーやコンプレッサーのインジケーターも正常だ。

しかし、アンプ自体が発するハムノイズさえしない。完全な無音だ。

俺のギターの沈黙と同時に、バンドの演奏もばらけていき、やがて、ざわめきだけがのこった。踊りはじめた客たちも、ステップを踏みかけたまま、こっちを窺《うかが》っている。

聡美が腕組みして、俺が心のなかで思っていることを口にだして言った。

「厄日……ね」

俺はがっくりうなだれた。貝塚も北原も、なんともいえない表情で俺を窺っている。

アンプのスピーカーが飛んでしまったのだ。スピーカーのコイルが焼き切れた。

音の歪みをなによりも敵視するオーディオのアンプと違って、ギターのアンプというものは、過剰な負荷をかけて音を歪ませて演奏する。ちょうど浪曲師が唸《うな》るような声をつくろうとしていると言えばいいだろうか。

もっとモダンな表現をすれば、ルイ・アームストロングのしわがれた声をギターでだそうとしているのだ。陰影に乏しい美声よりも、じっくり唄いこんで潰した渋い喉《のど》のような音を求めているのだ。

ゆえにいいギターアンプとは、演奏者の意図どおり音が歪むアンプだ。オーディオでは歪みを嫌い、トランジスターが全盛であるが、ギターアンプに関しては音がきれいにひずんで美しく歪む真空管が絶対だ。

そして、その歪みに相性のいいスピーカー。そのスピーカーこそが、このなかに収まっている二本のセレッション・スピーカーだったのだ。

「しかたがないわな。寿命だわな。セレッションの問題点は、いい音と引き替えの耐久性だわな」

貝塚が諭すように言った。俺は貝塚に視線をやった。すがるように見つめた。このセレッション入りのツイン・リバーヴ・アンプは金を積めば手に入るというものではないのだ。なぜならば、現在はもう造られていないのだから。

俺はうなだれた。手足をもがれたようなものだ。

北原が肩に手を置いた。小声で耳打ちした。

「あれを借りて仕事をつづけろよ」

それはステージの隅、後方に置いてあるイギリス製の二段積み大型アンプだった。

俺たちの前に入っていたバンドが置き場所に困り、マネージャーに頼みこんで置かしてもらっているのだ。背丈ほどもある大型アンプがあるのはハッタリがきいていいから、店側も許可したようだ。

「マーシャルだってセレッション載せてるんだぜ。しかも四本だ」

確かにそのとおりだ。しかしフェンダーのアンプとは回路が違う。マーシャルは俺たちみたいなソウルを始めとした黒人音楽の演奏よりも、レッド・ツェッペリンであるとかのハードロックによく合うアンプだ。

なぜかといえば、音の歪みかたが尋常ではないからだ。

マーシャルは、音楽業界では知られた超一流ブランドだ。しかし、素人がその名声に惹《ひ》かれて手に入れたとしたら、唖然とするだろう。

マーシャルは、とにかくボリュームが曲者だ。だいたいボリューム5くらいから音が割れてくる。まるでスピーカーに剃刀《かみそり》で裂けめを入れたみたいにひずんで、歪む。しかも、ボリュームをあげるほどひずみかたが違ってくるのだ。

かといってボリューム5以下で出てくるクリアな音は、じつに硬いカチカチの、処置のしようのない使いみちのない音だ。はっきり言ってしまえば、耳障り。

で、ボリュームをあげた割れた音であるが、致命的なのは、コードが弾けないこと。音を重ねて弾くと、グシャグシャになってしまって、なにをやっているのかわからなくなってしまう。だから単音、せいぜい二音重ねた複音くらいまでがいいところだ。

つまりマーシャルは単音で弾くリードギタリストのためのアンプなのだ。ところが俺は、コードカッティングに命をかけたリズムギタリストである。

「錠一郎くん、仕事よ」

腕組みをといて、聡美が言った。俺は下唇を噛んだ。時間さえあるならば、このマーシャルのスピーカーボックスを分解してなかのセレッションを盗みだし、自分のアンプに組みこみたいところだ。

俺は涙眼でマーシャルのフロントパネルに向かう。チャンネル1のブライトは使い物にならない。チャンネル2のノーマルにプラグを差しこむ。おおまかにセッティングをする。

「うるさいなあ！　アクシデントなのよ」

聡美の怒鳴り声に振り向くと、アイパーアフロのマネージャーだった。マネージャーは聡美には甘い。愛想笑いをうかべて聡美に向かって頷き、俺には狐みたいな視線を向けて言った。

「プロなら早くしてよ。お客さんはお待ちかねなんだから」

さらに他人事のようにつけ加える。

「聡美ちゃんのかわりはともかく、あんたらのかわりはいくらでもいるんだからね」

頭に血が昇った。マネージャーはヤクザ者とつながりがあるという噂だが、かまうものか。一発殴ってやろうと思った。

そのとき、声がした。

「錠一郎さん……がんばって……」

そのやさしい一言は、トタン張りの屋根を発情した猫が走りまわって爪でひっかき、鳴き叫ぶような調子だった。

ブスはステージの裾で両手を祈るように組んで、晩秋だというのにマカロニウェスタンの悪役のメキシコ系ガンマンがかぶるような暑苦しいつば広の帽子をかぶっていた。踵《かかと》の高さが十センチほどもありそうなハイヒールを履いて、あいかわらず周囲の迷惑もかえりみない超ミニを穿いて——。

☆

ディスコであるとかキャバレー、あるいは高級なサパークラブなどの水商売関係で音楽を演奏して、それをなりわいにしているバンドには二種類の形態がある。

月ごとの契約で、毎晩仕事をするのがハコ。ハコのバンドを略してハコバン。

そして臨時雇いという日雇労務者のような不安定な立場にあるのがトラ。別名〈ひろい〉とも言われるが、これはひろいである当人たちがその言葉をひじょうに嫌がる。ひろいという一言には、なんともうらぶれた、寂しい風情が漂うからだ。

とにかくハコとトラという音楽家独特の隠語に象徴されるように、労働基準法もへったくれもないなんともヤクザな世界だ。

俺たちはここ歌舞伎町のディスコにハコではいっている。仕事は所属している音楽事務所のマネージャーがとってくる。

月収は平均して十三万円ほど。バンマスでも十五万くらいだろうか。

休みは月二回……あったらいいな、といったところで、もうあきらめの境地である。

毎晩六時過ぎに楽屋に入り、七時が最初のステージだ。そして、なんと、四十分のステージを一晩に七回もこなし、店を出るのは午前三時だ。

これだけの数のステージを毎月ほとんど休みなしにこなしていくと、技術だけは異様に上達する。

ただし、好きな音楽をやっているわけではないから、ただ指がチャラチャラ動くだけの心のない機械と化す。

この商売は、客の求めるものがなによりも重要で、基本的に流行りの曲だけをやることが義務づけられているのだ。

自分のやりたい曲などもってのほかではある。しかし、三曲妥協して流行歌をやったら、一曲は自分たちの好きな、心の底からやりたい曲をやってしまうというのが暗黙の了解になっている。

店側もそれを見て見ぬふり、いや聴いて聴かぬふりをするのは、その程度の息ぬきをさせてやらないことには、バンドの連中が煮詰まってしまって、嫌気がさしたあげくに仕事をすっぽかしてステージに穴をあける恐れがあるからだ。

しかし、恐ろしいことにこの水に長いこと浸かっていると、自分のやりたい曲さえなくなって、軀の芯からディスコ臭いディスコのハコバンと化す。

つまり、演奏しながらあくびがでるようになり、二昔ほど前にはよく言われたウッドベースをつっかい棒にして立ったままステージで居眠りをするといったことになる。

もちろん現在はウッドベースを使うバンドなどまずないから、居眠りはしづらくなったが。

☆

このバンドは、聡美を中心に、音楽事務所で遊んでいた者を集めて造られた急造のバンドである。将来はレコードをだしてやるなどと甘いことを言われている。

バンドとしては、俺と聡美はなによりも黒人音楽をベースにした自分たちのオリジナルをやりたいと願っている。

しかし北原は抜群のテクニックをもっていることが災いして器用貧乏という評価が固まりつつある。本人も流行を追うだけで、実際になにをやっていいのかわからないといったところだ。

貝塚はもう三十なかばなので、意欲がない。音楽が生活の手段であると完全に割り切っている。

独身ではあるが、昔から『女とやりたかったらディスコにハコで入れ』という諺《ことわざ》があるように（？）毎晩のように相手をかえて、しかしいつでも不服そうな顔をして、あきらめのまじった醒めた笑顔をうかべている。

店によっては、テーブルに着いて接客可という店もあり、それを売り物にしている店もある。接客可の店で仕事をしたいと願う場末のバンドマンも多い。

そして、擬似芸能人あるいはギターが弾けて唄えるホストとして後腐れのないバンドの男たちに若い娘が群がる。

そんな状況を聡美に言わせると、ひとこと『愛がないよ』ということになる。貝塚のあきらめの表情は、そのあたりのことがあるからかもしれない。

女とやれていいよな……とうらやましがられるハコの中身は、このようなものだ。

☆

俺は唇をきつく結んで、ボリュームを抑えたマーシャルから吐きだされるカリカリした硬い音に眉をしかめながら、ノルマを、いや演奏をこなしている。

見たくないのだが、断固見たくないのであるが、数分に一回は踊りもせずにステージの袖で立ちつくして黄色い腐った声を張りあげているあのブスと視線が合ってしまう。

俺はブスが嫌いだ。

なぜならば、ブスは心もブスだから。

偏見ではない。ブスと呼ばれて軽く口を尖らせる程度の十人並みの女の子ならば、なにかのきっかけで惚れてしまえば可愛い子になる。

しかし、本物のブスは心が先か軀が、いや顔が先かというくらい両方ともひねくれて、捩れて、ねじくれているのだ。

たぶん汚い心が顔や軀にでて、その汚い顔と軀が心をさらに醜くするのだ。ブスは『加速度的にして、慣性の法則を無視して、光さえねじ曲げる』と、かのアインシュタインも言っている。

俺が言いたいのは、本物のブスというものは、そうざらにいるものではないということだ。

女の子はみんな個性があって、可愛くて、もちろん悪いところもあるけれど、そういったことはすべて男にもあてはまるからおたがいさまで、ところが、世の中にはまさに不条理なことがあって、人類の平等など悪夢にすぎないと思わせる最悪の存在に出会うことがあるのだ。

あのブスは、たしかに俺と仲良くしたいのだ。それは充分に伝わってくる。

そういった思いを抱かれることはくすぐったいことだが、悪くはない。普通の女の子ならば。

この仕事を始めて、俺はたぶん同じ年頃の男よりは相当たくさんの女の子を知ったと思う。つまり経験を積んだ。その経験からくる触覚が、あのブスだけは避けろ！　危険だぞ、と告げているのだ。

それはひとことで言えば俺の自己保存本能というものだ。あのような本造りのブスは、常に自分のことしか考えていないのだ。相手の迷惑など知ったことではない。

俺は好きになった女の子にアプローチしてNOと言われたら、あっさり身を引く。好かれていないのに押しの一手などと思い込み激しくまとわりつくのは彼女にも、そして俺自身にとっても不幸なことだ。

じっさい俺は聡美に対して好きだという素振りさえ見せていない。なぜか？　好きだからだ。聡美の軀中に口づけしたいという欲望はある。でも、それを抑える意志がある。ダンディズムという名の痩せ我慢は、滑稽かもしれないが、なりふりかまわない性欲からくる自分勝手な思い込みや行動よりは静かなぶんだけ美しいと思う。

3

最後のステージを終えた。アンコールなどと騒いでいる馬鹿な客がいる。もうじき午前三時だ。よい子はお家へ帰っておねんねしなさい。

俺はかぶりつきのブスと視線を合わせないようにして、そそくさとマーシャルのアンプからプラグを抜く。ウェイターが客を追いだしている。

「錠一郎くん、早く帰ってきてね！」

腫《は》れ物に触るようにしてお帰りを願っているウェイターを邪険に払いながら、ブスが怒鳴った。

俺の名前を教えたのはいったい誰だ？　一瞬頭に血が昇ったが、結局はなんともいえない疲労感を覚えた。

肩を落として楽屋に続く通路を行く。バンドのほかのメンバーはとっくに楽屋に戻っていた。俺の足取りは重い。溜息が幾度も洩れた。

「こら」

いきなり声をかけられた。俺は声の方向に首をねじ曲げる。メイクをおとしたすっぴんの聡美だった。冷水機の横に立って腕組みしている。水を飲んだのだろう、唇のまわりが濡れていた。

「いまは電気が入ってないから、ちょうどいい冷たさなのよ」

聡美は手の甲で唇を拭ってつまらなさそうに言った。投げ遣りにつけ加える。

「夏のこの機械の水は冷たすぎて飲めたもんじゃないわ」

俺は曖昧に頷く。聡美の唇はすこしあれていて、ささくれだったようになっているところに朱色の口紅が幽かにのこっていた。

「なに見てるの？」

「ああ……口紅が」

聡美は私服であるGジャンの胸ポケットからハンケチをとりだした。

「拭いて」

ハンケチをわたされて、俺は戸惑った。聡美は苦笑した。

「錠一郎は自意識過剰だよ」

言いながら唇を突きだす。俺は思いきって彼女の唇を拭った。やさしく拭った。

「ちょっと空気が乾燥してくると、すぐあれちゃうんだ」

聡美は唇を舐めた。俺はあわてて聡美の尖った舌の動きから視線をそらした。

「三平ストアでリップクリームを買って帰ろうかな」

「あそこにリップクリームなんてあったっけ？」

「わからない。それより帰れればいいけれどね」

「帰れればいいって、なんのことだ？」

「さあね」

聡美はとぼけた。俺は意味がわからないまま、迎合の笑いをうかべる。あたりを窺うような声で訊く。

「――北原や貝塚さんは？」

「帰った」

バンドの仲間とはいえ、仕事が終わると、基本的に単独行動をとる。そうしなければいつも顔を合わせているので煮詰まってしまうからだ。近親憎悪のような感情を抱いて潰れたバンドを幾つも知っている。

それでも以前は貝塚が必ず聡美を送って帰ったのだが……。

「なにしてたの？　遅かったけど」

「ああ、アンプの様子を見ていた。完全にだめみたいだ」

「錠一郎はあれを大切にしていたもんね」

俺は寂しい笑顔をかえす。壊れてしまったものはしかたがない。ひょっとしたら、どこかの接続が悪いだけかもしれないという淡い期待をもってチェックしてみたのだが、完全にスピーカーが壊れてしまったようだ。

「しかたがないよ。明日はアパートで使っているアンプをもってくる」

聡美は頷いた。上目遣いで訊いた。

「弦が刺さった指はだいじょうぶ？」

「ああ、あれはたいしたことはない」

俺は楽屋に向かって歩きはじめる。通路は狭いので、聡美は斜めうしろに従う。

「ときどきやるんだ。でも今日は、ほんとうに厄日だったな……」

「わたしってね、血を見ると昂奮するんだ」

「おっかないなあ」

「あのとき、吸いたかったな、錠一郎の指先」

「――いくらでも吸わしてやったのに」

「ほんとうに吸いはしないわ」

それはそうだろうと思いながら、楽屋に入った。俺はまっすぐロッカーに向かう。お仕着せの、銀ラメが光り輝く極端にフレアーした不気味なステージ衣装を脱ぐ。たとえ女がいても、平気で服を脱ぐ。ディスコの楽屋では当然のことだ。なぜなら、仕事であるから。恥ずかしさなどを感じていては、商売にならない。とはいえ、あまり他人に見せたい姿ではない。

逆に、俺は聡美の下着姿を見ているわけだ。聡美自身は自分のことを大女と言って卑下するが、そのスタイルは抜群だ。ただ、最近は少々痩せてきて、痛々しい。唄うということは、じつに過酷な重労働なのだ。

俺の背に聡美の遠慮のない視線が刺さる。俺はぎこちなくなってしまう動きを悟られたくなくて、わざとゆっくり服を着替える。

「錠一郎ってぼろいパンツを穿いてるね」

「洗濯はしてるよ。毎日穿き替えてるし」

「ごめん……」

パンツを買う金があったら、新しいレコードを買う。ギターの弦を買う。そういうことだ。

「聡美さんは女だから、下着にも気を配らなくてはならないから、大変だね」

「――べつに、見せたい人がいるわけじゃないもの」

俺は頭をかいた。聡美の下着は、色はベージュであるとかの淡いものばかりだが、そのカットはけっこう大胆で、尻の割れめが見えたりする。それなのに清潔で、さりげなく、可愛さがある。

下着姿の聡美の後ろ姿を思いかえしながら、素早く私服であるジーンズを穿いた。振り向いた。聡美はまじめな顔をしていた。

「錠一郎につきまとっている女だけど」

俺は応えるかわりに溜息をつく。

「真剣だよ」

俺は聡美から視線をはずす。

「どうするの？」

「――さあ」

俺は投げ遣りに肩をすくめた。どうしようもない。

「マネージャーから聞いたけど、あの女は、どうやらヤー公がらみらしいよ」

「ヤー公があんなブス、かこっているのか？」

「違う。今日の演奏中に、あの女のところにいかにもヤー公って感じの男がやってきて、なにか話してたんだって。マネージャーがどさくさにまぎれて耳を澄ましていたら、あの女はヤー公に向かって『お兄ちゃん』て、呼んでたんだって」

俺は顔をしかめた。聡美は声をひそめてつづけた。

「それでね……あの女、錠一郎のことをヤー公の兄貴に『わたしの彼なの』って紹介してたらしいのよ」

もう、考えるのも面倒だ。それより聡美が俺を錠一郎と呼び捨てにしていることのほうが気にかかる。

「で、わたしの勘だけれど、どうも出口で待ち伏せしてるんじゃないかと思うのよ」

「まいったなぁ……」

「ねえ、錠一郎」

「なに？」

「ほんとうにやっちゃったの？」

「勘弁してよ、聡美さんまで……」

「ごめん。でも、いくらなんでもあまりにしつこいじゃない」

「そう。異常だよ」

呟いたとたんに、怒りがこみあげた。でも、すぐに怒りはしぼんだ。聡美は上目遣いで俺の顔を見つめている。

楽屋がノックされた。ディスコの従業員だった。聡美と俺を見較べて、遠慮がちに聡美に近づいた。なにごとか耳打ちする。

聡美は頷き、従業員から鍵を受けとった。従業員は俺を盗み見て、出ていった。

「やっぱ、待ち伏せしてるって」

「ヤー公の兄貴こみで?」

「そう」

俺は舌打ちした。苦笑いした。結局はふるえた溜息がでた。

「ここで時間をつぶそう。マネージャーに話はついてるの。マネージャーも面倒はいやだから、ほとぼりを冷まして帰ってくれって」

「――聡美さんも付きあってくれるの?」

「冗談じゃないわ。帰って寝るよ。手を出して」

聡美は俺の掌に出入り口の鍵を落とした。

「わたしが出ていったら、内側からロックしちゃってね。あとは明日の昼くらいまで息をころしていれば、あの兄妹もあきらめるでしょうよ」

俺は泣き笑いのような顔で手のなかの鍵を見つめている。聡美は醒めた顔で化粧品の入った小さなバッグを持ってパイプ椅子から立ちあがった。

「じゃあね」

「――お疲れさま」

挨拶して頭を下げたとたん、いきなり化粧バッグで後頭部を殴られた。

「真に受けるなよ。付きあってやるよ」

☆

聡美と一緒に出入り口の確認に行った。先ほどの従業員が外からロックして出ていったようで、出入り口はびくともしなかった。

「閉じ込められちゃった」

聡美が囁いた。聡美とふたりきり。俺は生唾《なまつば》を呑んだ。喉を鳴らした。その音を聡美に聴かれたような気がして、顔を上げられなくなった。

「ねえ、調理場から食料を盗んでこようか？」

聡美は、はしゃいでいた。修学旅行に出かけた中学生みたいだった。

フライドポテトやサラミを肴《さかな》に、ビールで乾杯した。ばれるとヤバいので、ビールは一本きりということにした。聡美は俺にばかりビールを注いだ。

「どうしたの、うわばみが?」

「誰がうわばみだよ」

「だって、聡美さん、コップ一杯も飲んでないじゃないか」

「いいの。錠一郎に飲ませてやりたい気分なの。やけ酒ね」

「俺はべつにやけになってはいないよ」

聡美は眼差しを伏せた。小声で、そうねと言った。俺は、そうだよと応えた。俺は苦い液体を喉に流しこみ、呟くように言った。

「俺、あのブスを見て……顔をしかめたんだ」

聡美はビールのグラスを前歯で嚙むようにした。カチ……白い歯とガラスがぶつかって、透きとおった音がした。

「それがすべての始まりかもしれない」

「――なぜ、笑顔をかえせなかったの?」

俺は首を左右にふる。

「無理。あいつがあまりに切実だったんだよ。すがりつかれたって、責任はもてない」

俺はコップ半分ほどのビールを飲みほした。俺と聡美だけの楽屋は足元から冷えて、胴震いした。

「それと、はっきり言って、凄い不潔感があったんだ。実際に汚かったしね。極端な潔癖症はいやだけど、人並みにしろよと言いたかったね。

なんだかすべてを投げだしてる感じで、そのくせひどくわがままで身勝手な感じがした。それで、直感したんだ。甘い顔をしたら、骨までしゃぶられるって」

聡美は笑った。ふっと笑った。ふしぎな笑いだった。

「女は、みんな男を利用しようと思ってるんだよ。そう考えていればまちがいがないよ」

「聡美さんもそうなのか？」

「そう。好きな男ができたら、骨までしゃぶりつくしてやる」

「そして？」

「そして、ポイよ」

聡美の瞳は潤んだように輝いている。濡れた宝石に見えた。俺はどぎまぎして、視線をそらした。

「とにかく、俺はあのブスに笑いかけられて、迷惑だと思った。あのブスの笑いには媚《こ》びがいっぱいで、ずるさがたっぷりだった」

「だから言ってるじゃない。女なんて、みんなずるいんだって」

俺は黙りこむ。とにかくあのブスは俺が気弱な笑顔でもかえそうものなら、それこそ密着して離れなくなっただろう。なにしろ口さえきいていないのに、犯されたなどと抜かす女だ。

「わたしは、あの女の気持ちがわかるよ」

「図々しいんだよ。節度ってもんが欲しいよ。はにかむくらいのデリカシーがあれば、あんな派手な色の口紅をはみだして塗りまくらないだろうし、汚れたパンティ丸見えのミニなんか穿かないだろうし、髪の毛くらいとかすだろうし、米粒をくっつけて人前に出ないだろうよ。俺は責任もてない相手に対して笑いかえすなんてできないからな」

「つまり、錠一郎の怒りは、相手のデリカシーのなさに対してだ?」

俺は喋《しゃべ》ることに虚《むな》しさを覚えた。あのブスはいままで充分に嫌な目にあってきたのだろう。さんざん傷つけられてきたのだろう。

同情する気はないが、その痛みは理解できる。しかし、捻《ねじ》くれた性格まで理解する気はない。たしかに俺は顔をしかめた。でも、初対面の人間にいきなり大股開きしそうなねっとりした笑顔を向けるほうがどうかしている。

俺はあまりアルコールに強いほうではないが、酔いはまわってこなかった。それどころか軀の芯から冷えて、もう溜息をつくのさえ億劫《おっくう》だ。だらだらと立ちあがり、部屋の隅にある古ぼけたソファに腰をおろした。

聡美はパイプ椅子に浅く座って足を組み、グラスを両手でもてあそんでいる。俺はハイライトを咥《くわ》えた。火をつけようとしたら、聡美がいきなりライターを差しだした。

「これ、あげるよ。わたしはタバコ、吸わないし」

使いこんだ、傷だらけのジッポーだった。角などメッキがはげて真鍮《しんちゅう》の地肌があらわれ、鈍い金色に光っている。

オイルの匂い。揺れる炎。新品のオイルライターにつきもののぎこちなさはなく、ありとあらゆる部分が滑らかに動く。

「錠一郎はいつもパイプマッチで火をつけてるじゃない。だからあげようと思って、一週間くらい前から持っていたんだ」

「一週間前から？」

「なかなかわたす機会がなくて……」

思い出の品であることは、あきらかだった。聡美の昔の彼氏のものかもしれない。

聡美は俺の顔色を読んだ。さりげなく視線をそらし、投げだすように言った。

「買ったのは、わたしだよ」

それから俺を睨みつけるようにして続けた。

「取り返したのも、わたし」

「取り返したのか？」

「あたりまえじゃない。まだ中学生で、お小遣いをためて、ようやく買ったんだから」

いじらしいと思った。メイクをおとした聡美は、休みさえ満足にとれないこの仕事のせいで、やつれている。

「ありがとう。大切にするよ」

聡美は照れたように笑うと、口のなかで大切にしろよな、と呟いた。

見つめあった。

「まだ、口紅がのこってる？」

聡美が訊いた。俺は首を左右にふった。

「わたしの唇……あれている？」

俺は火をつけたばかりのハイライトをアルマイトの灰皿に押しつけた。視線が絡んだ。

聡美はすぐに下を向いた。

「——ずっと悩んでたの。錠一郎は年上の女はどうなんだろうって」

「好きだ」

「ほんとう？」

「好きだ。ずっと好きだった。でも……」

「でも？」

「俺は臆病で」

「意気地なしだよ」

俺は苦笑する。

「だから、あんな変な女につけこまれるんだよ」

聡美は俺に軀をぶつけてきた。いきなり俺の首筋に嚙みついた。

「ばかやろう」

嚙みつきながら、くぐもった声で言った。

「おおばかやろう」

「——痛《いて》えよ」

聡美はさらに歯に力を加えた。ふっと力を抜いた。

「ざまあみろ。糸切り歯で穴をあけてやった。血がでてるぞ」

俺は、聡美の腰をきつく抱いている。聡美の腰の骨をこの両手で握り締めてみたい。ずっと夢想してきたことだ。いま、俺の掌に聡美の腰の骨盤の尖りがある。古ぼけたソファはふたりの体重を受けて、幽かな軋《きし》み音をたてる。

「錠一郎の血を吸ってやる」

聡美は俺の首筋に舌を這《は》わせた。俺は腰から徐々に聡美の尻に手をやった。ずっと触ってみたいと思っていた。思ったとおりの、柔らかさのなかに芯のある感触だった。

聡美の息が切なくなった。首筋から唇をはずし、口づけしてきた。まるで俺を犯すかのように舌を挿しいれてきた。

俺の舌と聡美の舌が絡みあう。聡美はいったん唇をはずし、あらためて俺の口のなかをさぐった。狂おしくさぐった。聡美の舌は独立した生き物で、挑発された俺は、聡美の口のなかをさぐりかえした。

ながい口づけだった。唇をはずすと、おたがい息が荒くなっていた。あれていた聡美の唇は濡れて光っていた。

俺はシルクのシャツの下で烈《はげ》しく上下している聡美の乳房に手を伸ばした。ブラジャーをずらして乳房をあらわにする。しっとりしている。腋の下に指先を突っ込むと、汗ばんでいた。

我慢できなくなり、Gジャンを脱がし、青く滑らかに輝くシルクのシャツを脱がす。ずらしたブラジャーのせいで捩れている乳房。そっと乳首に触れると、曖昧だったかたちがくっきりして、硬く尖った。

俺は乳首を口に含み、吸い、それから汗ばんでいる腋の下に顔を埋めた。

手を入れていない腋は淡く、細い絹糸のような毛が恥ずかしそうに生えていた。

聡美の汗と俺の唾液がまじりあった。俺は聡美の体臭が薄いことに幽かな苛立ちを覚えた。

☆

まずい！　俺は焦った。聡美は特別で、俺は情けないことに数分で炸裂しそうになってしまった。俺は聡美からはずそうとした。

聡美は俺の炸裂を悟った。

「いいの」

囁いた。

「なかにちょうだい」

逆にきつく軀を合わせてきた。

直後、俺は呻《うめ》いた。呻いてしまった。聡美の上でいくども痙攣《けいれん》した。

☆

目覚めた。ほんの短い時間ではあるが、聡美の上でまどろんでしまったのだ。いまだかつて感じたことのない解放感があった。

やがて、こらえ性のない自分に嫌悪感を覚えた。俺は聡美の顔を見ないようにして、あやまった。

「ごめん……いつもはこうじゃないんだ」

「いいの。慣れれば、いいことだから。早くわたしに慣れて」

聡美は軀をずらすと、まず俺の軀の後始末をしてくれた。

その最中、俺はふたたび元気をとりもどしはじめた。聡美は眩《まぶ》しそうに苦笑して顔をそむけた。

「もう一度試させてくれよ」

「わたしはいいけど……」

俺は問答無用で聡美の上にのしかかった。こんどは冷静に聡美を味わうだけの余裕があった。女なんて、どれも大差ないと思っていたが、それは傲慢であったと実感した。

俺は素直に感嘆のことばを口にした。

「聡美さんと別れた男の気持ちがわからないよ」

「別れたんじゃないの。わたしが一方的に棄《す》てたの」

「俺も棄てられるのかな?」

聡美は答えず、きつく俺を締めつけた。俺は気をそらすために、そっと自分の首筋に触れた。聡美が嚙んだところだ。小さな傷ではあるが、ほんとうに穴があいていた。

「吸え」

上体を倒して、首筋の傷口を聡美の唇に重ねた。遠慮がちに聡美の舌がさぐる。

その間も、俺と聡美は密着して、ゆるやかに踊っている。これほどうまくリズムがあったことはない。俺と聡美は完全にひとつだ。

聡美は俺の血を吸っている。聡美の体温があがっていく。信じられないほど肌が火照《ほて》っている。

聡美は軀のすべてで、俺を自らのなかに吸いこもうとしている。俺は痛みを快感として感じている自分に気づく。聡美に食べられてしまいたいと思う。

4

DIRTY O'LMAN のリクエストがあった。スリーディグリーズのちょっと懐かしいヒット曲だ。俺と北原でコーラスをつけなければならないのは照れくさいが、いかにもディスコといった曲ではある。

聡美のボーカルになんともいえない艶を感じているのは俺だけではないようだ。アイパーパンチのマネージャーがうっとり見つめている。

そして、あのブスの兄であるヤー公も。ヤー公は口を半開きにして、聡美の腰のあたりを穴があきそうなくらい見つめている。

聡美は唄いながら俺に軀を寄せる。そのたびにあのブスの視線が突き刺さる。しかし、俺はもう完全に居直っていた。

フロアがリズムに合わせて赤や青に光る。北原のベースアンプから飛びだす重低音が、飾りつけのチャチなモールを揺らす。客たちは聡美の魅力に搦《から》めとられたようになって、いつもより派手に踊っている。

これほどの実力がある聡美が、たかがディスコのハコで唄っているのは、じつにもったいないことだ。俺はリズムカッティングにふだんよりも強弱をつけながら少々憤っていた。

聡美のボーカルパートのとき、北原が訊いてきた。

「やったのか?」

「なんのことだ?」

「聡美だよ」

「なぜ?」

「しっとりしてる。ムカつくけど、きれいだ」

「もともときれいだぜ」

「そんなこと言ってるんじゃないよ。あれはきつい注射をされた翌日の女が見せる色香と柔らかさだ」

一人前の口をきく北原に微笑をかえす。北原はチッと舌打ちした。貝塚は機嫌が悪い。

当然だろう。やや投げ遣りに、しかし仕事と割り切ってタイコを叩いている。

終電の時刻になってもほとんどの客は帰ろうとしなかった。めずらしいことだが、聡美の魅力からすれば当然だとも思う。いつもよりフロアに漂う汗の匂いが濃い。腋臭にちかい。ダンス、ダンス、ダンス……。

☆

最後のステージを終えた。ヤー公がステージに飛び乗った。肩を怒らせて俺に軀を寄せる。ステージの真下ではブスが怨《うら》みがましそうに見つめている。

「なかなか格好いいバンドじゃないか」

「――ありがとうございます」

「感動したよ」

なにを企んでいるのか。俺は硬直しながらもあれこれ考えをめぐらせた。しかし、考えはなにもまとまらず、狼狽だけがひろがっていく。

北原は逃げ腰で後片づけをはじめ、貝塚は皮肉な笑顔をうかべながらスティックでわざとらしく背中を掻き、ステージを後にした。

「楽しませてもらった礼に、一杯、御招待したいんだけどね」

「せっかくですけど、俺は酒が飲めないんです」

「じゃあ、ヒーコでいいや」

「ヒーコ？」

「コーヒーだよ」

ヤー公の口調には有無をいわせないものがこめられていた。俺は唾を呑んだ。北原がプレシジョン・ベースを抱いて、逃げるようにステージから消えた。

「せっかくですけど……」

「付きあえねえっていうのか？」

ヤー公はこの季節だというのに半袖のアロハを着ている。その袖をまくりあげた。

「妹もぜひと言ってるんだよ」

二の腕の入れ墨をあらわにしてヤー公が迫る。俺は後ずさった。ステージは狭い。背中にマーシャルのアンプがぶつかって動きがとれなくなった。

従業員たちが後片づけの手をとめて、状況を見守っている。マネージャーは騒ぎがおきたら、即座にみかじめ料を払っているヤクザの組に連絡しようと電話のかたわらに立って様子を窺っている。

「付きあえよ。ここで騒ぎを起こしたら、明日から仕事がしづらいだろう？」

「でも……」

じつに情けないが、『でも』とか『あの』といった台詞しか口から出てこない。背中を汗が伝う。

「付きあえよ」

「でも……ステージ衣装を着替えないと」

「似合ってるよ。まるでプレスリーじゃないか。そのまま夜の歌舞伎町を歩けば、街のみんなの人気者さ」

ヤー公は嘲笑った。怒りと恐怖がいっしょくたになって、俺は軀がふるえだした。

「ほら。世話やかすなよ。付きあえよ」

襟首をつかまれた。俺はマネージャーにすがる視線を向けた。早く、組の人を呼んで、このヤー公をどうにかしてくれ！　騒ぎが起きたときのために、たかがおしぼりに高い金を毎月払っているんだろう！

だが、マネージャーは電話をしようとはしなかった。俺は観念した。どうにでもなれと泣き出しそうな気持ちで居直ろうと努力した。

ステージ下のブスの人を小馬鹿にした得意そうな、そして憎しみのこもった瞳を見たとたんに萎《な》えた。

そのとき、俺とヤー公のあいだにエレクトロ・ボイスのボーカル・マイクが差しだされた。

「わたしも御一緒させていただいていいかしら」

ボーカル・アンプはまだ電源が切ってなくて、フロア中に聡美の声が響いて、エコーとなった。

ヤー公は一瞬度肝《どぎも》を抜かれた表情をしたが、なんとも嫌らしい笑いに口の端をねじ曲げた。

「もちろん、かまわないよォ。ぜひ御一緒したいね」

「聡美さん……」

俺の情けない声に、聡美は顔いっぱいの笑顔をかえした。しかし、その頬は不自然に白い。

「聡美さん……まずいよ。先に帰れよ」

かろうじて言った。とたんにヤー公に小突かれた。

「なに言ってんだよ。彼女は御一緒したいんだよ。ボケが」

聡美はピンプラグを抜いて、尻のポケットに自前のボーカル・マイクを突っ込んだ。ゆったりとした動きでアンプのスイッチを切った。振り返って、俺に向かって笑いかけた。

なぜ、こんなくもりのない笑顔ができるのだろう。俺はいまの自分が置かれている状況も忘れて感動していた。聡美は手早く私服に着替えていた。いつものジーンズの上下に、大好きなシルクのシャツだ。

うっとり聡美を見つめていると、ステージ下からブスの声がした。

「でも……お兄ちゃん……」

「なんだよ、ミコ？」

「錠一郎だけでいいよ」

てめえに呼び捨てにされる理由はない！

「いいから、いいから。まかしときなって、お兄ちゃんに。ミコはこの若造。お兄ちゃんはこっちのレディ。どうだ？　丸く収まるだろうが」

ミコ……まさか漢字で美しい子とでも書くんじゃあるまいな。

俺はブスとヤー公を交互に見た。ヤー公の顔にどこか照れたような色がうかんだ。照れはすぐに怒りに変わった。あきらかにヤー公は自分の妹を恥じている。

「おら！　行くぞ。とっととここから下りろ！」

俺は小突かれながら、ステージから下りた。せめて銀色に光るラメ入りのステージ衣装だけは着替えたかったが……。

☆

ヤー公が先頭で、あいだに俺と聡美をはさんで、しんがりをブスが固めている。いろいろな人間がいる歌舞伎町ではあるが、さすがにこの組み合わせは人目をひいた。

コマのまわりには午前三時をとっくにまわったというのに、あてもない人々がうろついていた。さすがに疲労の色がうかんで、その瞳は虚《うつ》ろだ。

なにかいいことがないだろうか……とでも考えているのだろう。彷徨《さまよ》っていれば、僥倖《ぎょうこう》にありつけると思っているのだろう。オカマにだまされて素股で一発抜かれて、有り金すべてを持ち逃げされるのがおちだというのに。

そんなことを考えて、自分もそのひとりだということに思い至った。聡美とひとつになるという僥倖を得たものの、ブスに絡まれ、あげくのはて、ヤー公に脅されて。

「うまくいかないもんだ……」

「なんか言ったか？」

振り返ってヤー公が凄んだ。

「独り言ですよ」

俺はステージ衣装のポケットのなかに手をつっこんで、聡美からもらったジッポーのオイルライターを握りしめている。掌にはじっとり汗をかいていた。

「ならいいんだがよ、ならな」

ヤー公の口調に違和感を覚えた。関東の人間ではない気がした。といって、西の人間なのか、北の人間なのかはわからない。

「どこへ行こうとしてるのよ？」

聡美が訊いた。俺は小声で注進した。

「この道は、さっき抜けた路地ですよ」

「コーヒーをご馳走してくれるんじゃないの？　同じところをぐるぐるまわってもしかたがないでしょ。なんなら、わたしが知っている店に行きましょうか？」

ヤー公が振り返った。瞳に卑屈ないろが漂っていた。

「あの、なんだ、西武新宿の近くに朝までやってる喫茶店があっただろうが」

「喫茶店なんかいくらでもあるわよ」

「緑の壁の店だよ、ばかやろう」

ヤー公が居直った。聡美は肩をすくめた。

「でも、そっちは西武新宿とは逆よ。さっきのコンパのある通りをまっすぐ行くんだよ」

☆

ヤー公が意地を張るものだから、五分で行けるところを十五分近くかかってしまった。たぶんどこかの田舎から妹と一緒にでてきたばかりで、まったく新宿の地理がわかっていないのだ。

深夜営業の喫茶店のウェイターは態度が悪いと相場が決まっているが、さすがに田舎者とはいえヤー公を一匹連れていると、多少は態度が違う。

ブスはコーヒーに砂糖を四杯も入れた。ヤー公はただ苦いだけの豆のだし汁をブラックで飲んで、うんうんと、満足そうに二度頷いた。

俺と聡美はどこで飲んでも味が変わらない無難なもの、コーラで喉をしめらせた。ヤー公は椅子の背もたれに派手に両腕をひろげて、気取って小首をかしげて訊いた。

「にいちゃんと、この美女とはどういう関係なの？」

即座に、聡美が答えた。

「恋人同士よ」

しばらく間をおいて、軋む音がした。ブスの歯ぎしりだった。

「恋人同士か。まずいよなあ。この青年は、浮気症だよ。俺の妹と付きあっておいて、それなのに、あんたともよろしくやっている」

俺はポケットのなかでジッポーを握りしめる。ブスを睨みつける。歯ぎしりしたいのはこっちだ。

聡美は落ち着いてコーラを飲みほした。にっこり笑った。柔らかな声で訊いた。

「妹さんと錠一郎は、どんなお付きあいをなさったのかしら」

どこか小馬鹿にした調子が含まれていたから、大変だ。ブスが肩のフケをまき散らして大声をあげた。

「気安く錠一郎なんて呼ばないでよ！」

そう怒鳴りたいのは、俺のほうだ。俺はハイライトに火をつけて、口の端に咥え、腕組みする。

ヤー公はもったいつけて赤いパッケージのタバコをとりだした。ラークだった。ハイライトに視線をはしらせて、勝負あったとでもいいたげに得意そうに胸をそらした。

「なあ、青年。青年よ、大志を抱けと言うだろう」

なにが言いたいのか。そしてこのヤー公はなにを得意がっているのか。なにか気のきいたことを言ったつもりらしい。

「ゆえに、若い頃の過ちってものはしかたがない面もあるよ。若いってことは、たいがいの過ちが許されるってことでもあるんだ。それに理解を示すことにおいてやぶさかではない」

聡美が吹きだしそうなのを必死にこらえているのが伝わった。

ここで笑いだしてしまうと、せっかく得意になっているヤー公の気分を損ねてややこしいことになりそうだから、俺は膝の先でそっと聡美の太腿に合図を送る。

ヤー公は大仰に身を捩った。芝居がかった声で言った。

「いいかい、青年。たいがいのことは許される。しかし、人間として許されないことがある。たとえば純情な娘を傷物にして居直ること。どうだ？」

どうだと言われても、俺はなにもしていないのだから、どうもこうもない。

ヤー公は俺の表情を窺い、抑えた声で凄んだ。

「とぼけるなよ。おまえは俺の妹を傷物にしたんだよ。俺の妹をもてあそんで、飽きたとたんに無視きめやがったんだよ」

聡美が抑えた声で言った。

「傷物にしたって言うけど、はじめから傷だらけじゃない」

さらに冷たい眼でヤー公とブスを見較べるようにして続ける。

「ふたりして傷物。救いようがないわ。これで普通の女の子が騒ぎをおこしたなら、わたしは嫉妬して錠一郎を問い詰めたでしょうけど、あなたでは無理よ。嫉妬のしようがない。存在自体があんまりだから。

なんて言えばいいのかしら。はじめは喜劇なんだけど、喜劇ってじつは悲劇なんだなあって気づいて、同情するくらいよ」

俺は喉を鳴らした。宣戦布告だ。なんとかこの場を取り繕《つくろ》おうとあがいたが、もう手遅れだ。

ヤー公は唇をふるわせて、額に血管をうかびあがらせている。その手から吸いかけのラークがおちて、テーブルの上で煙をあげた。

ブスは頬に痙攣をはしらせて、だらしなくひろげられた足が貧乏揺すりで派手に揺れている。もうすこし刺激すれば、ひきつけをおこして昏倒しそうだ。

「いいか、姐ちゃんよ。俺は誠意さえみせてもらえれば、ことを荒立たせないでやろうと思ってたんだよ。それを姐ちゃんは、ぶち壊しにした」

ヤー公は激情を圧し隠して、薄笑いをうかべて聡美に迫った。聡美は落ち着いた微笑をうかべて、怯《ひる》まない。

「誠意って、どうせお金でしょう。情けないわね。カツアゲするんなら、もっと大きい奴を相手にしなさいよ。残念ながら、わたしたちは格好は派手だけど、お金はないの」

いままでテーブルの上につっ伏して眠っていた他の客まで眼を覚まし、様子を窺い、成り行きを見守っていた。

ウェイターはカウンターに寄りかかってニヤニヤしている。

カウンターの奥からバーテンらしい男がでてきた。ひどく汚れた前掛けで手を拭きながらヤー公の前に立った。

「うち、堅気の商売だから、騒ぎをおこすなら、他でやって」

堅気と言ったバーテンの小指は第二関節から欠けていた。ヤー公とバーテンは睨みあった。バーテンが諭すように言った。

「稼業の者なら、この店で騒ぎをおこすようなことはしないはずだよ。うち、堅気だけど、それなりに堅気なわけだから」

たぶん大きな組がバックについているのだろう。そして稼業の者でそれを知らない者は新宿ではもぐりか、あるいは地方から出てきたばかりの田舎者であるというニュアンスを巧みに言葉の裏に匂わせている。

ただし、それをあからさまに口にしてヤー公を刺激しないのは相当に世慣れている感じだ。

ヤー公は迎合の笑いをうかべて、伝票をつかんだ。馴れなれしい声をかける。

「会計してよ」

バーテンは頷き、千二百円とぶっきらぼうに答えた。ヤー公は口のなかで深夜料金かよとブツブツ言って、俺に伝票を突きだした。

「おまえ、払っとけ」

☆

きつい一発が腹にめりこんだ。胃袋が逆立ちしたようになって、口のなかにまで苦くて酸っぱい液体が這いあがってきた。俺は反芻《はんすう》する牛みたいに口をもぐもぐ動かしてかろうじて吐き気を耐える。

「なんてことするのよ！」

聡美が叫んだ。俺は西武新宿駅前の路上に膝をついた。ヤー公は聡美に向かって笑いかけた。

「もうじき、朝だ。一緒に帰ろう。かわいがってやるよ、ベッドのなかで」

卑しい笑いだった。俺は切れた。後先考えるのをやめた。ポケットのなかに手を入れる。ジッポーを手のなかに握りこむ。

酸っぱい唾を吐いて、背を向けているヤー公の後頭部に拳《こぶし》を叩きこむ。

こんどはヤー公が膝を折る番だ。掌のなかにライターを握っているせいで、自分でも驚くほど拳に威力がある。

さらに後頭部を殴りつけようとしたとき、ブスが飛びついてきた。

「てめえ！　兄ちゃんを！　てめえ！」

よろけるほどの体重だった。かろうじて踏みとどまった。

「てめえらの麗《うるわ》しい兄妹愛に付きあってられるかよ」

俺は怨みをこめてブスに向き直った。

顔前が真っ白になった。

補修の跡だらけの道路に転がって、どうにかヤー公の第二打を避けた。

こめかみのあたりが軋んでいる。もうなにも考えられない。ヤー公の先の尖った革靴を必死でよける。

視野の端に、ブスと取っ組み合っている聡美の姿が映った。本気で殴りあっている。

女の闘いだ。凄い。あっけにとられた。

直後、脇腹にヤー公の靴先がめりこんだ。捻れる腸の痛みに呻きながらも、俺は必死でヤー公の足をつかんだ。

気づいたら、ヤー公の上に馬乗りになっていた。手のなかにジッポーがあることを確認して、拳を連打する。

ヤー公の鼻が捩れて潰れていることに気づいた。殴りつけるたびに血煙が舞う。拳の下で鼻が軟体動物、なまこのようにぐにゃぐにゃだ。凄まじい鼻血だ。俺は呆然と血まみれの拳を見つめた。

突き飛ばされた。ブスがヤー公の上に重なった。お兄ちゃん、お兄ちゃんと連呼した。聡美との闘いでミニスカートが裂け、薄黄色に汚れたパンティが丸見えだ。膝小僧はすり傷で血がにじんでいる。

「お兄ちゃーん」

ブスは手放しで泣いた。幼児のように泣いた。やがてヤー公が意識を取り戻すと、さめざめと泣いた。大きな子供のように見えた。

やがてブスは戦意喪失した兄貴をかばうようにして、しゃくりあげながら俺を睨みつけた。

「お兄ちゃんはヤクザなんかじゃないんだからね……あたしのことを思って、ヤクザのふりをしてくれたんだからね……」

俺は軋んで痛むこめかみを押さえながら、ヤクザもどきのアロハの袖から見える、まだ筋彫の入れ墨に視線をはしらせた。心底、馬鹿な兄妹だ。無性に腹が立ってきた。

「おまえも含めて、そういったやり方のすべてが悪い方向へ向かうんだよ。ちっとは考えろ！」

最後は怒鳴り声だ。そしてひどい虚しさを覚えた。

たいした数ではないが、やじ馬が取り囲んでいた。おもしろがって見ているだけで、警察に連絡しようともしない。

「強いねえ、銀ラメの兄ちゃん」

やじ馬のなかの中年がニタニタ笑いながら言った。聡美がうるせえ！　と怒鳴りかえした。俺は手のなかの血まみれのジッポーをぼんやりと凝視した。ブスはまだ啜り泣いている。

☆

聡美のアパートは西武新宿線の武蔵関にあるという。ダイコン畑に囲まれた練馬区民よ、とふてくされて笑う。

始発ではないが、まだガラガラの西武線の黄色い電車に乗った。ティッシュをもらって、血まみれのジッポーを拭いた。

ジッポーを磨く俺の手元を覗きこむ聡美の左眼の下には、青痣《あざ》ができていた。もちろん俺の顔はボコボコで、聡美の青痣なんかメじゃないといったところだ。

「あのブス、強いんだもん」

眼の下の青痣に中指の先でそっと触れながら、聡美は甘えを含んだ声で囁いた。

「でも、錠一郎がこんなに強いとは思わなかったな」

「こいつのおかげだよ」

俺は掌の上のジッポーを示した。聡美はよく意味がわからないらしく、肩をすくめた。

電車はのんびり走っている。座席にはもう暖房が入っていて、暑いくらいだ。しばらくして、聡美が勢いこんで言った。

「フケちゃおうか?」

「フケる?」

「もうディスコなんて、やめ。いまの極道な音楽事務所もやめ。お金にならないライブスポットでいいから、自分たちのやりたい音楽をやるのよ」

「新しいバンドのメンバーを見つけてか?」

「そう。本気の奴を捜す」

潮時かな、と思った。俺はともかく、客観的に見て聡美にはすばらしい才能があるのだから。

「わかった。協力するよ」

聡美は車内を見まわした。乗客ははるか離れた席で老人が居眠りしているだけだ。思いきり抱きついてきた。口づけしてきた。俺は痛みに呻いた。聡美はあわてて顔を離し、訊いた。

「だいじょうぶ？」

「だめ。もう、死ぬ」

俺は聡美に上体をあずけた。聡美はやさしく俺の頭を撫《な》でた。

「あれも兄妹愛ってやつなのかな」

独白すると、聡美は頷いた。

「ひどいめにあったけど……でも、たぶんわたしたちはごめんなさいって言わなければならないんだよ」

「そうだな……俺は悪くないけど……悪くないけど、ごめんなさいって言わなければならないのかもしれないな」

聡美はちいさく溜息をついた。俺もそっと吐息を洩らした。ようやく肩から力が抜けてきた。

車内に朝日が射しこんだ。

俺は聡美に軀をあずけたまま、そっと眼を閉じる。ずっと心に引っかかっていたことを呟く。

「雑誌で読んだんだけど……音楽的に、七〇年代は不毛な時代なんだってよ」

「そう……そうかもしれないね。でも、これからはわたしの時代にしてみせる」

俺は聡美の呼吸のリズムに自分の呼吸を合わせた。聡美の呼吸には、確信と自信が満ちていた。

軀の節々の痛みが遠のいた。このまま柔らかく眠りに引きこまれていく予感があった。瞼《まぶた》の裏側で金色の光が煌《きら》めいている。

金色の朝日を浴びてキラキラ光っている聡美の肌、そして産毛を空想する。

瞼の裏で輝く金色の光は、聡美を照らすスポットライトに変化した。もちろん傍らにはギターを抱いた俺がいる。世界でいちばんすばらしい時間が始まる。

新宿だぜ、歌舞伎町だぜ

1

頭が天井につかえそうなので、小首をかしげて階段をのぼっているのだが、常識的には腰を曲げるべき情況であろう。

その俯《うつむ》いたような姿は、なんともうらぶれて、うそ寒い風情であり、鬱陶《うっとう》しい。

マリオは舌打ちして、蒼ノ海の尻を押した。

「きりきり歩きませい」

「無理っすよ、マリオさん。公称百九十三センチ、実測二メーター三センチあるんだから」

「ちんちんの長さか？　まいったねえ」

「またそういうことを言う。背丈っすよ。背丈」

「いいじゃねえか。大きいことはいいことだ。巨人症であるぶんには、なんの問題もない。でかいのはプロレスでもバスケでも、いろんなところで大活躍。小さいのは、テレビにも映してもらえないけどな」

蒼ノ海は階段の途中で立ち止まった。ゆっくり振りかえる。マリオは背丈が一メートル六十ないのだが、気の強さは蒼ノ海の百倍以上ある。

「なんだよ、木偶《デク》の坊。せっかく猫のダンナに紹介してやろうってのに、てめえ、ガンたれるのか？」

「……すんません」

「なにが、すんませんだよ。てめえの喋くりは苛《いら》つくんだよ。マリオ様を苛つかせる」

「すんません」

「てめえ！」

マリオは、蒼ノ海の尻に拳を叩きこんだ。一発、二発、三発……拳は頑強な尻の肉に包みこまれ、蒼ノ海は平然としている。

拳をひらいて、上下左右に振る。全力をこめたパンチだが、痺れたのはマリオの手首だった。マリオの瞳は苛立ちと発作的な怒りに充血しはじめている。

「おい、蒼。しゃがめ」

「こうっすか」

蒼ノ海は思いきりかがんだ。マリオの唇に薄笑いがうかぶ。

拳を握りなおす。腰をひねる。ためを充分にきかせたパンチだ。

拳が骨にぶつかる乾いた音が、湿った雑居ビルの階段に響いた。

マリオの拳は蒼ノ海の右眼の上にヒットした。

さすがにそこの脂肪の層は薄い。蒼ノ海の眼の上はすぐに青紫色に腫れあがった。

マリオは蒼ノ海の青痣を中指で弾いて満足そうに頷いた。

「それでは、ご同輩。出立《しゅったつ》いたすか」

蒼ノ海は頷いた。その瞳は幽かに潤んでいた。

2

「久しぶりです、猫のダンナ」

マリオは満面笑みで挨拶した。眠り猫は薄汚れたモケットのソファに座ったまま、ロを半開きにして巨大な蒼ノ海を見あげた。蒼ノ海はほぼ直角に腰を曲げて言った。

「お初にお目にかかります」

「かたいこと抜き。こちらが仁賀丈太こと、眠り猫のダンナ。新宿一の大探偵」

やたらと軽い調子でマリオは猫を紹介した。この人のどこが眠り猫なのだろう、と蒼ノ海は考えた。

「で、ダンナ。こいつが蒼ノ海。通称、蒼。元関取。ついこのあいだまでは、這いつくばって土俵の土を舐めてたんだけど、ふた月ほど前に廃業しました。

正確には、廃業させられたのかな。なにやってもダメな奴。相撲も十両のケツっぺたでおしまいだったんですよ。あとはひたすら落ちるだけ」

マリオは、いつもひとこと多い。蒼ノ海は心底嫌な顔をした。相撲のことにだけは触れてほしくない。

「どうした、その顔は」

猫は感情のこもらぬ声で言い、蒼ノ海の眼の上の痣を一瞥《いちべつ》した。

蒼ノ海は上目遣いで愛想笑いをうかべた。

かわりにマリオが答えた。

「うざってえから、活をいれてやったんですよ。愛の鞭《ムチ》ってところですか」

「愛の無知は、性交の果ての妊娠だろうが」

「はあ？」

「――あまり深く追及するな」

マリオは肩をすくめた。

蒼ノ海は、猫と呼ばれるこの中年男が微かに照れたのを見逃さなかった。

猫は、冗談が通じなかったので、恥ずかしかったのだ。

猫は蒼ノ海の視線に気づいた。横柄に顎をしゃくった。

「おい」

「はい」

「奥は台所だ。冷やせ」

「なにを、っすか？」

「アオタンだよ。タオルは適当に使っていい。けっこう派手に膨らんでるぞ」

「たいしたこと、ないっすよ」

「ないっすか？」

「ないっす」

マリオが割りこんだ。

「冴子嬢は？」

冴子とは猫の愛人である。猫は醒めた顔をして答えた。

「逃げだした」

「なんで？」

「おまえに見られると、妊娠するって噂が新大久保一帯に根強い」

「冗談じゃないですよ。歩く生殖器といわれたダンナにそんなこと、言われたくないな」

「おまえは勘違いしている」

「なにを？」

「俺の魔羅《マラ》には愛がある」

「俺のにだって、ありますよ」

「おまえの魔羅にあるのは、チンカスじゃねえか」

蒼ノ海は、正直、もてあましていた。頼りになる人だとさんざん聞かされたが、眠り猫は愚にもつかない冗談を得々として口ばしるうらぶれた中年男にすぎない。

「あ、そうそう。タケ坊におみやげ」

マリオは、スラックスの裾をまくりあげた。彼はブランド志向なので、スラックスは昔から長崎屋の吊るしである。

ソックスはもちろん抗菌防臭、通勤快足だ。ただし、ちゃんと金を払って手に入れたわけではない。マリオ曰く、ふと気づいたら、ポケットに紛れ込んでいた。

じつはソックスに限らず、いろいろな物がマリオのポケットやバッグに紛れ込む。そういうことが日常茶飯事といっていいくらい起こるらしい。

それをマリオは超常現象と呼んでいた。蒼ノ海は心の中で、それを万引きと呼んでいた。

マリオはソックスを踝《くるぶし》のあたりまで引きずりおろした。あらわれたのは大判の救急絆創膏が貼られた毛臑《けずね》だ。

蒼ノ海はいたたまれなくなってきた。こんなことをしている場合ではないのだ。いまごろ雪代さんは……。

「ねえ、マリオさん。はやく用件を……」

おどおどと蒼ノ海が声をかけると、マリオは舌打ちした。

「安心しろよ。雪代はある意味で自分の意志で行ったんだよ」

「そんな……」

「いいじゃねえかよ。やられたって、べつにへるもんじゃねえ」

猫が尋ねた。

「なにかあったのか？」

「いえね……」

マリオは軽く顔をしかめ、救急絆創膏を剝《は》がしながら、続けた。

「蒼は相撲を廃業してから、うちの用心棒に雇われたんですよ。社長が谷町《タニマチ》気取りの物好きで、相撲と名がつけば、なんでも許しちゃう人でしょう。だから、こんな木偶の坊だけど、フロアに立っているだけで、ちゃんと給料やってるわけです」

剝がした救急絆創膏には、かなりの本数の臑毛が付着していた。

「あー、ダンナ。そんな汚ないものを見るような眼をして」

「きれいか？」

「マリオ君の臑は、ビューテホーですよ。色白で締まって、傷ひとつない」

「色白ときたか、マリオ族が」

猫は浅黒いマリオの肌を指して言った。

「しかし、意外に毛深いな。おまえ、南方系のはずだろう」

「やだな。出身は神奈川ですよ。川崎でスモッグ吸って育ったんだから。マリオってのはスーパーマリオのことですよ」

「嘘つけ。おまえのとこのボーイがマリオ族に似ているからだと言っていたぞ」

「どいつです？　そこまで言うのは。命が惜しくないのかな」

「おまえ、あまりムチャするなよ。ちったあ身の程を知れ。気の強さだけでは、限界がくるぞ」

「限界？」

「物理的な限界だ。どうあがいてもおまえは空を飛べない」

「飛んでみせますよ。思いきり高く」

3

蒼ノ海は貧乏揺すりしながら猫とマリオのやりとりを聞いている。

猫はマリオにけっこうやさしい。マリオはほかの人間に言われたら完全に切れて暴力沙汰におよぶことも、猫に言われると口を尖らせながらも、きちんと受け答えしている。

だが、そんなことよりも、雪代さんのことだ。こんなにのんびりしていていいのか。

マリオにしても、自分が任されている店のホステスではないか。

自分の店のホステスを、ライバル店の用心棒をしているヤクザに連れ去られたというのに、空を飛べるだ、飛べないだ、二流の青春ドラマのような台詞を吐き、どうでもいいことにムキになっている。

「ダンナが俺のことを考えてくれているのは、よくわかりますよ。でも、これは俺の生き方だから。俺はね、飛ぶと言ったら、飛んでみせますよ」

「よし。おまえは飛べる」

猫は頷きながら言った。マリオの顔中になんとも嬉しそうな笑いが拡がった。

こんなマリオの顔を見るのは、初めてだ。蒼ノ海は猫とマリオを交互に盗み見た。

マリオも猫も、蒼ノ海のことなど委細かまわず、やりとりを続ける。

「ねえ、ダンナ。タケ坊にいい物を持ってきたんだから」

タケ坊とは猫の息子のことだ。高校生である。もっとも高校にはほとんど行っていないが。

マリオは剝がした救急絆創膏の傷を保護するパッドから、なにやら黒い塊をつまみあげた。

「瘡蓋《かさぶた》か？」

猫が訊いた。

「いいえ、鼻糞《ハナクソ》ですよ」

「おまえは、俺の倅《せがれ》に鼻糞のみやげを持ってくるのか？」

「まあね。これは、ハシシですよ」

「マリファナか？」

「そう。マリファナの樹脂を固めたやつ。上野のイランから入荷したばかりです」

蒼ノ海は呆気にとられていた。マリオは猫の息子にみやげだと言ってハシシを持ち込み、猫は指先でこねくりまわして、けっこう硬いな、などと呟いている。

「タケ坊、よろこびますよ」

「あいつに吸わせるのはもったいないな」

「なに言ってんですか。せいぜい四、五回分。子供の遊びですよ」

「充分じゃないか」

「なにがです？」

「俺とマリオとなんだっけ？」

「蒼？」

「そう。俺とマリオと蒼で試させていただいてだ、あと一回分は残るだろう。それがタケの分だ。貴重な物は仲良く分けあう。麗しき平等ってやつだ」

「俺はかまいませんけどね。いまから一服楽しんだら、蒼ノ海が怒り狂いますよ。

じつは唯一、蒼にやさしくしてくれていたホステスが、ギャラクシーに雇われているヤクザに連れてかれちまったんですよ」

「ギャラクシーか。あそこはおまえのとこよりもいい女をそろえているぞ」

「なに言ってんですか。ババアばかりですよ、ギャラクシーは。あそこのホステスのメイクはハリウッド仕込みの特殊メイクなの。だから推定年齢に二十ばかり足せば、ほぼ正確な歳がわかるんですよ」

「ふーん。ギャラクシーのヤクザって、どんな奴だ？」

「それが、ダンナ。蒼といっしょ」

「いっしょ？」

「そう。あっちの社長もウチと張り合ってるでしょう。ウチの社長が得意がって蒼を飼いはじめたら、あっちも仕入れてきたんですよ」

「なにを？」

「元相撲取り。しかも名護屋一家白石組から杯もらってるモノホンのヤクザ関取」

「なんか、くだらねえな」

「まあね。いい大人がガキまるだしですよ。ついこのあいだは、ギャラクシーの社長が店内にでっかい熱帯魚の水槽をおいて、なんかピカピカした魚を飼いはじめたんですよ」

「タナゴか？」

「やだな、ダンナは。ピカピカした魚っていったらタナゴしか思いうかばないんだから」

「馬鹿。会話にほのぼのとした味をだそうと思っただけだよ。一服の清涼剤というやつですか」

「なんだかな。ま、いいや、熱帯魚。いろいろわけのわからんネオンサインみたいのが群なしてドワーッって泳いでやがるの。

いま、そういうのがトレンデーとかいうやつでね。

そうしたらウチの社長もでっかい水槽を仕入れて、ピラニア飼ってさ。ピラニアも熱帯魚なんだって。ダンナ、知ってた？

ショータイムは金魚やヒヨコをピラニアに喰わせるピラニア・ショウやれってんだから、店預かってる俺がどれだけ苦労してるか」

「見たいな」

「なにをです？」

「ピラニア・ショウ。金魚はつまらんが、ヒヨコを投げこむのはおもしろそうだ」

「なに言ってんですか。残念ながら、ギャラクシーのアリゲーター・ショウのほうがおもしろいですよ」

「アリゲーターというと、鰐《わに》か？」

「そう。てめえんとこがピラニアならってんで、熱帯魚はやめて、いまやあっちは鰐ですよ。何メーターもある巨大な奴じゃないけど、けっこう獰猛《どうもう》で、ピラニア投げこんで喰わしてますよ」

「負けたな、おまえのとこは」

「そう。ギャラクシーのボーイが、指嚙みちぎられたってんだから」

「なら、おまえは愛店精神を発揮して、その腐れ魔羅をピラニアに喰わすショウをやれマリオは舌打ちした。

「あいにく、でかすぎて、ピラニアのお口にはおさまりませんのことよ」

それから小首をかしげる。なに、話してたんだっけ？　と蒼ノ海を向く。

「雪代さんのことですよ！」

「でけえ声だすなって。なにしろ蒼は女にやさしくされたことがないから、たまにやさしくされると、ムキになるんですよ。で、ギャラクシーに雇われた若雄鋒《わかゆうほう》という元関取がそのことを聞きつけて、嫌がらせに雪代をさらったってわけですけど」

「若雄鋒か……聞いたことがあるな。ちょっと懐かしい醜名《しこな》だ」

「でしょう。蒼とちがって、幕内の三枚目までいったことがある相撲取りですよ。廃業してからもう三、四年になるかな。そいつが廃業してから、なんと名護屋一家白石組の杯をもらっちまってね」

猫は、落ち着きなく貧乏揺すりしている蒼ノ海に視線をやって、マリオに言った。

「おまえ、ずいぶんのんびりしてるな」

「そうですか？　まあねえ、あせる気にはなれないですけどね」

「なんで？」

「雪代がいなくたって、べつにウチの店は困らないと」

「ブスか？」

「まあ……なんて言いますかねえ、サイボーグみたいな女でね」

「サイボーグ？」

「顔は、別嬪《べっぴん》ですよ。絵に描いたみたい」

「ふーん。整形《サイボーグ》か」

「証拠はないですけどね。ゾクッとくる美人だけど、なんか不自然なのね。どこかつくり物めいてるの。

　それって、なんとなくわかるじゃないですか。だから、客の受けもいまいちでね。けっこう高飛車な女だったし、べつにいなくなってもいいやって感じ」

　マリオのあまりの言いぐさに、蒼ノ海は言葉を失って歯がみしていた。

　そんな蒼ノ海を猫はちらっと盗み見た。それからマリオに言った。

「やらしてもらえなかったんだろう」

　猫のひとことに、マリオは狼狽した。

「なんのことですか？」

「マリオは、その雪代って女にやらしてもらえなかった」

「冗談じゃねえや。サイボーグは趣味じゃないっすよ」

「整形と、化粧にどれだけの差があるってんだよ」

「整形と化粧……そんなこと言うのは、猫のダンナだけですよ。親から貰った顔に手をいれるなんて」

「じゃあ訊こう。おまえは遺伝でホッペに瘤《こぶ》がある。親からの遺伝だ。親から貰った瘤だ。すっごい醜い。手術でとれるとしたら、どうする?」

「それって、ダンナの屁理屈。瘤があるなら、とるに決まってんじゃないですか」

「姿を変えるってのは、じつはその程度のことにすぎないんだよ」

言うだけいって、猫はにっこり笑った。マリオは曖昧に肩をすくめた。

4

蒼ノ海は猫の笑顔にうたれていた。なんと素敵な笑顔だろう。こんなにうまく笑う男を知らない。

うっとりしかけて、我に返る。まったくこのふたりは、あれこれ回り道ばかりして、無駄口ばかり叩いて、肝心の会話へはなかなかたどりつかない。

蒼ノ海はふたたび歯がみした。雪代さんがどうなってもいいというのか。女のひとりくらい、どうにでもツブシがきくというのか。

「いい加減にしてくださいよ！」

蒼ノ海は怒鳴った。切なかった。苛立たしかった。悲しかった。

「でけえ声だすなよ」

醒めた顔してマリオが呟いた。猫は大雑把に頷き、マリオに同意した。マリオは蒼ノ海に唾を吐きかけそうな顔をして言った。

「てめえがきっちり雪代を護《まも》ればよかったんだよ」

「なにかあったのか？」

「大ありですよ。大ありすぎて、大蟻食い。若雄鋒ってのはヤクザ者とのつきあいを糾弾されて相撲取りを廃業した男なんです」

「知ってる。週刊誌で読んだことがある」

「この馬鹿蒼とちがって、実力的には大関の器といわれ、横綱も夢じゃないっていわれてた相撲取りですよ。

ルックスや軀つきも、このマリオ様だって惚れぼれするくらい見事だった。取り巻きや、相撲ギャルがいつだってキャーキャー騒いでいた」

「うらやましい。ごっつあんですで、やり放題か」

「まあね。強い相撲取りは、なにやっても許されるんですよ」

マリオは皮肉な眼で蒼ノ海を一瞥した。蒼ノ海はうなだれる。

「強い相撲取りは、なにをやっても許される。でも、ヤクザ者との黒い交際はまずかった」

マリオはタバコをくわえた。蒼ノ海に向かって横柄に顎を突きだす。蒼ノ海はかしこまって火をつける。

「ちょろっと遊ぶくらいなら、よくあることですけどね、ゴルフとか。親分衆は谷町気取りで関取のめんどうを見るのが好きですからね。

でっかいのを引き連れて飲みに行ったりするのは、そりゃ、愉しいでしょうよ。俺も金があるなら、相撲取りの二、三匹ペットにしてみたいもんですよ。

でも、若雄鋒は一線を越えてしまった。親分衆に可愛がられてるだけじゃなく、八百長を取り沙汰され、覚醒剤の使用を噂され……。

で、廃業。表面上は故障した腰の様子が思わしくない、てな理由の自主的な廃業ですけどね。じつは腰なんて悪くない。どこも悪くない。やめさせられたんですよ」

猫は聞いているのかいないのか、マリオのポケットに手を伸ばし、勝手にタバコを抜き取った。

蒼ノ海が火をつけようとすると、顔の前で手を左右に振り、自分の使い棄てライターで火をつけた。

猫はマリオのタバコを自分の懐にいれた。マリオは唇をすぼめてそれを見守り、肩をすくめ、ふたたび口をひらいた。

「で、若雄鋒ですけどね。廃業させられてから、名護屋一家白石組に転がりこんだんですよ。現役のころから白石の親分に可愛がられてましたからね。居直って、杯まで貰っちゃった。

ところが、未来の大器としてさんざん甘やかされてきた若雄鋒ですよ。上下関係の厳しいヤクザの組でやっていけるわけがありませんよ。

なにしろ若雄鋒はこの蒼ノ海関とちがって、学生横綱から角界入りして、一度も負け越しなしで幕内まで行っちゃった関取ですからね」

「蒼ノ海だっけ？　こいつとは素質と才能がちがうというわけだな」

猫は蒼ノ海に向かって顎をしゃくり、平然と言ってのけた。

蒼ノ海の頰が白くなった。すぐに羞恥で赤くなった。

そんな様子を横眼で見ながら、マリオは蒼ノ海を小突いた。

「なんだよ、壊れた信号じゃあるまいし。赤くなったり、白くなったり」

蒼ノ海はうなだれる。

「ま、勝負の世界ってのは、残酷なものよ。弱い奴は、弱い。ダメな奴はダメ。平等糞喰らえだから、おもしろいんだけどな」

うまそうにタバコの煙を吐きながら、猫は言った。蒼ノ海の様子を窺い、とってつけたようにつけ加えた。

「しかし、若雄鋒のように才能があったって、転げ落ちるときは落ちるんだ。若雄鋒は相撲の才能はあったが、本質的な世渡りの才能はなかったんだな」

「ダンナ。それって慰めになってない」

「そうか？」

「だって、蒼ノ海には、両方ともないんだから」

「そこまで言うか？　俺だって内心そう思いはしたが、口にはださず、愛の人。マリオはやさしさがないよ」

あなた方に言われたくはない……蒼ノ海は思ったが、もちろん口にだせない。俯いて自分の巨大な手を見つめ、不服そうに指先を絡ませて弄《もてあそ》ぶ。

マリオが咳払いした。思いきり蒼ノ海の後頭部をはたいた。なんとも小気味いい音がした。

「いじけたオカマか？　てめえは。拗《す》ねこいてんじゃねえよ！」

「……すんません」

「おい、話が脱線しているぞ。若雄鋒はどうなった？」

「そう。若雄鋒。とことん甘やかされてきたんですよ。甘やかされてきた上に、たいして稽古しなくたって適当に勝ち越しちゃうくらいの強さと要領のよさがある。

もう、世界は自分を中心にまわってるみたいに考えてる奴なわけですよ」

「それはマリオじゃないか」

「やだなあ、話の腰を折らないでくださいよ。いいですか。名護屋一家白石組の親分は、谷町気取りで、いままで若雄鋒のわがままをなんでもきいてきたんです。

若雄鋒にしてみれば、杯を貰ったからといって、親が白と言ったら、黒いものも白っていうヤクザの厳しい上下関係になんか馴染むわけがないじゃないですか。

だから、若雄鋒はもう組内でも鼻つまみ者。若雄鋒を諫《いさ》めた若頭が、逆に張り手イッパツ、入院したってくらいのもんですからね。

そこへギャラクシーの馬鹿社長から蒼ノ海に対抗するために若雄鋒を貸してくれないかという相談があった。

名護屋一家白石組は対外上、相撲取りひとりも御しきれないとあっちゃ他の組から笑いものですからね、平静を装ってたんですけど、ギャラクシーの社長の申し出を渡りに船とばかり、若雄鋒を行儀見習いとしてギャラクシーにあずけちまったってわけですよ」

「ふーん。若雄鋒ってのはなかなかのタマじゃないか。ヤクザも持て余す」

「そう。ヤクザもけむたがる。暴れられたら、もう完全に手がつけられませんからね。しかも、いままで土俵で発散していたのに、野放しでしょう。力があまっちゃってるのね。

それプラス、性欲も凄い。なんせ、ギャラクシーの姐ちゃんを仕事中にだって、強姦しちまうんだから」

「話をつくってないか?」

「なに言ってんですか。じつは、ギャラクシーは無茶苦茶なんですよ。あっちの社長は泣いてますよ。

でも、恐ろしくてなにもできない。若雄鋒にしてみれば、格式張った組事務所で控えているよりも、酒あり、女ありのクラブ用心棒のほうがバッチグーなのは言うまでもありませんよ」

「マリオ。ひとつ、アドバイスしといてやろう」

「なんですか?」

「バッチグーなんて、死語だ。いまどきの若いのは、バッチグーなんて言わない」

「あ、ダンナ、タケ坊にバッチグーとか言って、笑われたな」

「うるせえよ。話を続けろ」

「へい、へい。とにかく若雄鋒はギャラクシーで我が物顔。やりたい放題して、誰もなにも言えない。

で、昨日の夜。もう閉店時刻十分前ってときに若雄鋒がウチの店にやってきたんですよ」

蒼ノ海の頬が引き攣《つ》れた。猫とマリオは蒼ノ海の歯軋《はぎし》りの音に顔を見合わせた。

「ねえ、ダンナ。相撲の世界なんて狭いでしょう。蒼は若雄鋒の姿を見たとたんに、完全に萎縮しちまいましてね。

若関、お久しぶりです、なんてぺこぺこ挨拶してやがるんだから、世話ないや。完全にふんどし担ぎになってたな。雲の上の人を見る目つきでね。

おまえは若雄鋒の付け人かっての。じつに情けない。緊張して、口も満足にきけないってんだから、この木偶の坊は」

このときは、マリオはじつに悔しそうに蒼ノ海を一瞥した。みじかく溜息をついた。

「格が違うっていうんですか。相対しましたウチの用心棒様は、じつに惨めったらしかった。

若雄鋒は廃業しても、スターですよ。なにしろギャラクシーで無茶苦茶やってるってのに、店の女どものほとんどは、やめないんだから。

それどころか、若雄鋒目当てで客も増えてるらしいんです。若雄鋒も一応最高学府まで出た男。客に手を出すわけじゃない。そこいらの加減はしっかりわきまえてるんですよ。

俺が思うに、女に対して無茶してるって噂ですけど、本心から嫌がってる女には無茶してないと思うんですよ。

なにしろ現役のころの取り口を見ても、じつに頭脳的というか、ここでとってましたからねえ」

マリオは人差し指で頭を示した。猫は頷いた。

「理にかなった取り口だった。しかも胆力もあった。張られたら顔をだせって諺《ことわざ》をあれほど見事に実行していた相撲取りは、最近ではいないんじゃないか」

張られたら顔をだせ——相手が張ってきたら、顔を背けるよりも、張りにきたほうに顔を持っていけば、距離が縮まる。つまり、相手の手に加速度がつく前に当たっていけば、威力が半減するということだ。

しかし、殴りつけてくる拳に顔を向け、そればかりかぐっと近づけていくことを想像してみれば、それがいかに至難の業であるかわかるだろう。

飛んでくる張り手から顔を背け、逃げるのは、本能だ。その本能を押し込める精神力と胆力は、努力などでは身につけることのできない格闘家としてのすばらしい素質だ。

猫とマリオは若雄鋒のすばらしい闘志を思いかえし、しばらく黙りこんでいた。度胸のある、しかも知的な相撲を取る関取だった。

しかし、楽して勝とうというところもないではなかった。相手が二本差してくるようにしむけ、力まかせでカンヌキで決めて出るといった横着な相撲をよく指摘されもしたものだ。

5

「あれだけの素質があったのに、なぜ楽して勝とうとか、あっさり無気力相撲にのったりしたんだろう……」

しみじみと猫が独白した。そこへ蒼ノ海の声がかぶさった。

「そうっすよ！　若関はあれだけの素質に恵まれていながら、相撲を投げているところがあった。ワシ、人ごとながら歯痒かったですよ」

猫は微笑した。蒼ノ海に向かって軽く頷いた。蒼ノ海は猫を凝視した。猫は蒼ノ海の視線を真正面から受けた。

先に眼をそらしたのは、蒼ノ海のほうだった。頰が微かに上気していた。

マリオが猫と蒼ノ海に交互に視線をはしらせ、満足そうに頷いた。

「和んでいる場合じゃないですよ。いい大人が。なに見つめあってんですか。知らない奴が見たら、愛人関係かと勘違いしちゃいますよ」

「それは、困る。マリオ。話を続けろ」

「はい。昨夜、十二時近く、若雄鋒がウチの店にきました。蒼をあれこれおちょくりながら軽く飲んで、雪代を指名しました」

「指名って、若雄鋒が店にきたのは初めてだろう？」

「そうです。若雄鋒はウチの女どもにも大人気でした。ギャラクシーにトラバーユしちゃおうかしらなんて嫌味を言うホステスもいたりして俺のジャーマネとしての立場も台無しですよ。

でも、とりあえず若雄鋒は威圧的ではあったけれども、おとなしく酒を飲んでました。で、すぐに閉店時間です。俺は蒼に行かせました。閉店でございますって言わせに。そうしたら」

「そうしたら？」

「若雄鋒は雪代ってホステスを担ぎあげて」

「担ぎあげて？」

「そう。肩の上にひっ担いで蒼ノ海に向かってウインクして店から出ていっちゃいました」

「それきり、雪代さんは自宅のマンションにも戻ってないんすよ！」

震え声で蒼ノ海が割りこんだ。マリオは醒めた眼で蒼ノ海を見た。

「若雄鋒に担がれた雪代をぼんやり見送ったのは、てめえだ」

蒼ノ海は顔を歪め、がっくりと首を折った。

「こいつ、なにもできないの。呆気にとられた顔してぼんやり見送ったんですよ」

マリオはさらに語気を荒らげた。

「自分の店の女がさらわれたってのに、ぼんやり立ち尽くしてお見送りってんだから。なにが用心棒かよ。

大飯ぐらいの役立たず。てめえに較べりゃ、チキンの店先のカーネル・サンダース氏のほうが百倍仕事してるぜ。

そのくせ、若雄鋒と雪代の姿が完全に見えなくなったら、おろおろ、ウロウロ、おまけにノソノソ。

狼狽《うろた》え声だしてマリオさん、どうしましょう？　雪代さんを助けなくっちゃ。警察に連絡しますか？　あれしますか？　これしますか？

まったく、そんな泡食うなら、なぜ若雄鋒が雪代を担ぎあげた時点で、お客さん困りますのひとことも言えなかったんだよ。

いまさら警察なんか行けるかよ。若雄鋒は煙たがられているとはいえ名護屋一家白石組の杯をもらってんだぞ。

ここで警察なんかに介入されたら、ウチだって風営法無視であれこれやってんだ。てめえの首を絞めるようなもんだよ。

おまけに、名護屋一家白石組にあれこれ難癖つけるきっかけを与えるようなもんじゃねえか。

いいか、蒼ノ海。いま、いちばん不景気なのは、ヤクザなんだよ。もし、雪代を担いでった若雄鋒の挑発が、名護屋一家白石組の描いた絵だったらどうすんだよ？」

「なるほど。そこで僕の出番というわけですか」

澄ました顔をして猫が言った。

「なにが僕ですか」

マリオは擽《くすぐ》ったそうに身を捩った。

「でもな、蒼。ダンナは顔がきく。ヤクザ者にも強い。警察であれこれするよりも、多少は金がかかるが、うまく、まるく収めてくれる」

蒼ノ海は大きく息を吸いこんだ。いきなり土下座した。

「眠り猫のダンナ。なにとぞよろしくお願いします」

「わかった。なにとぞしてあげよう。ただし、前払いだよ」

蒼は顔をあげ、途方にくれ、マリオを見た。

「ダンナ。払うものは払います。ただし、蒼ノ海の給料をそれにあてますから」

「なんで……？」

「うるせえ！　てめえは用心棒として雇われてんだぞ。それなのになんもできなかったじゃねえか。給料もらえると考えるほうが常識外れだ、馬鹿野郎」

蒼ノ海はしゅんとした。かえす言葉がない。そこへ猫が鷹揚に割ってはいった。

「まあ、まあ、まあ。そこいらのことは、君たちがあとでじっくり相談するとして。とりあえず、いまはせっかくマリオが持ってきてくれたんだ。ハシシとやらを試そうではないか」

「ダンナ、いまやるんですか？　できたら名護屋一家白石組のほうに出かけていただいて、ナシつけていただけるとありがたいんですがね」

「そんなことは明日だってできる。若雄鋒は雪代って女を殺すわけじゃあるめえ。それよりも、そんなものをいつまでも固形物のままで持っているのはやばい。お巡りさんに叱られるよ。

タケの分は一回分、とっておけばいいだろう。あとは俺たちで煙にしよう。煙にしちまえば、証拠はなにも残らない。グッド・アイデアってやつだ」

蒼ノ海の苛立ちをよそに、マリオは猫の言うことにすぐのった。

「タケ坊の分は残すんでしょう？」

「もちろん。せっかくマリオがタケにって持ってきてくれたんだ。タケの分は残しておく。だが、そういったものは、子供にやらせる前に、親がしっかりどんなものか確認しておくのがつとめだ」

「なんだかなー。ま、いいか。じゃあ、ダンナ。なにかパイプを用意してよ」

「パイプはないが、シケモク吸うときのためのキセルならあるぞ」

「あ、それでいいですよ。キセルと、ロウソクなんかあったら」

「ライターじゃダメなのか？」

「いいけど、ムードってもんもそれなりにほしいじゃないすか。おい、蒼。カーテン引けよ」

6

探偵事務所内は、薄暗くなった。カーテンは、一応遮光カーテンだった。

猫はいそいそと短めのキセルとロウソクを用意した。適当な皿をテーブルの上に置き、ロウソクを立てる。

「ダンナ、剃刀、ある？　カッターナイフでもいいや」

猫はスチールの事務机をあさり、カッターを探しだした。マリオは猫が差しだしたカッターで、鼻糞色したハシシを四等分した。

そのうちのひとかけらをよける。猫の息子、タケの分というわけだ。残りの三つのかけらをまとめてキセルの口にきつく押し込む。

「軽くあぶって細かくして、タバコの葉っぱに混ぜてもいいんだけど、蒼がタバコ吸えないっていうから」

「タバコが吸えないのに、ハシシなら吸えるのか？」

猫の疑問はもっともだ。マリオは思案した。蒼ノ海はここぞとばかり逃げ腰で言った。

「ワシ、そんなモン吸えないっすよ。ワシ、あの、外で待ってますから」

マリオは眉間に陰険な縦皺を刻んだ。

「だめ。まず、おまえから吸うの」

「だって、それって、犯罪でしょう」

蒼ノ海は泣き声をあげた。マリオの顔はますます残酷に歪む。

「てめえ、友情をとるか、わが身可愛さに逃げだすか、はっきりしろ」

「――ワシ、辞退申しあげます」

「そうか。よーくわかった。わかったよ」

マリオは蒼ノ海の顔を睨《ね》めまわす。

「雪代のことは、てめえひとりでかたをつけろよ」

猫に向きなおり、愛想たっぷりに言う。

「じゃあ、ダンナ。僕らはトリップしましょう。ほんとうは女がいるといいんだけどね」

「ハシシってのは、あっちにもきくのか？」

「そりゃあ、もう。なかなかですよ。射精のときなんか、どろりん、ねっちょり、どびどびって感じで、もう」

マリオと猫は顔を見合わせて、ウヒヒ……と奇妙な笑い声をあげた。

「よし。マリオ。俺はこいつを吸って、センズリこいてみる」

「きもちいいすよ。でも、俺の前でこかないでくださいよ」

「いいじゃないか」

「やだな。ダンナのなんか見たくないですよ。万が一ひっかけられでもしたら」

「なあ、マリオ。口でやってくれないか」

「やだ！　ダンナは冗談で言ってるんじゃないから恐ろしい。次の機会には、女も用意しますから、今日はオナニーなしってことで」

「そうか……ごっくんプリーズっておまえに言ってみたかったな。おまえは俺のを喉を鳴らして飲むんだ」

マリオは複雑な笑顔で、溜息をついた。それから蒼ノ海を横眼で見た。

「まだいたの？」

「ワシも……ワシも吸いますから、ひとりにしないでください」

蒼ノ海は床に膝をついて、泣きそうな顔で哀願した。マリオは横柄に頷いた。

「よし。ダンナの横に座らせてもらえ。ダンナが万が一発情して竿先を濡らして迫ってきたら、おまえがごっくんプリーズするんだぞ」

「……はい」

「よし。蒼は防波堤だ。立派に役目を果たせよ」

蒼ノ海の情けない泣き笑いの表情に猫は大げさに肩をすくめた。

三人の男たちの影が、ロウソクの炎のゆらめきにあわせて踊る。おどろおどろしく、無様な影だ。

マリオは蒼ノ海にキセルをわたした。三人分のハシシがキセルには詰まっている。黒茶色の固型物が、こんもりと盛りあがっている。

「いいか、蒼ノ海。ロウソクに近づけて、思いきり吸うんだ。喉の奥に押し込む感じ。煙を肺いっぱいに満たしたら、できうるかぎり我慢する。吐くときは、ゆっくりと。鼻からそっと吐いていくんだ。

ダンナはタバコ吸うから、よけいなアドバイスはいらないですよね。とにかく、煙を肺にいれたら、限界までこらえて、ゆっくり吐いてください」

「オーケー、マリオ。俺からいっていいか?」

「いや、ダンナ。この軟弱者からいかせましょう」

マリオは蒼ノ海に向かって顎をしゃくった。

蒼ノ海は緊張に頬を硬直させてキセルをくわえた。気力を奮い立たせるようにきつく眼をつむり、顔ごとキセルをロウソクのオレンジ色した炎に近づける。

ぢっ……

ハシシの端が炎にあぶられて、赤熱した。

「吸え。蒼。思いきり。肺の奥まで」

呪文を唱えるような口調でマリオが迫る。蒼ノ海は眼だけ動かしてマリオを見た。覚悟を決めて、思いきりキセルを吸う。

ああああ……

声にならない声がマリオと猫の口から洩れた。

マリオと猫は口を半開きにして呆然としている。

恐るべき蒼ノ海の肺活量、ハシシの塊はひと息に赤熱し、それどころか青っぽくゆらめく炎をあげてひと息に燃え尽きていった。

ようやく我に返ったマリオが蒼ノ海の手からキセルをひったくった。あわてて自分の口にくわえる。

「マリオ。なあ、マリオ。俺の分は？」

猫が迫った。マリオは顔の前で手を左右に振った。キセルの中のハシシは、マリオが吸うと、ほとんど灰と化していた。

「おい、おい、おい……てめえらだけで吸いやがって」

そのとき、蒼ノ海がプハーと音たててハシシの煙を吐きだした。猫は蒼ノ海とマリオの顔を交互に見つめ、蒼ノ海の吐きだした煙をハフハフ吸った。

それから情けなさそうに蒼ノ海を見つめた。小首をかしげて訊く。

「どうだ？　気持ちいいか」

「べつに……いがらっぽいだけっすよ。喉がひりひりするけど、煙に噎《む》せでもしたら、マリオさんに叱られますからね。必死でこらえました」

「——大した肺活量だな」

「そうすね。自信あります」

そのとき蒼ノ海の頭が小気味いい音で鳴った。

「てめえ、ダンナの分まで吸いやがって。もうすこしで俺の分までなくなるところだった」

猫はソファに座りなおして頭を抱えた。

「おまえら、ふたりで俺をないがしろにして……拗ねてやるぞ」

マリオと蒼ノ海は顔を見合わせた。マリオは猫に気づかれないようにぺろっと舌をだした。

「ねえ、ダンナ。タケ坊にはまた手に入ったら持ってきてあげるから、それ、やっちゃえば？」

　マリオは残っているハシシの小片を示した。

　猫はとりあえず息子のものを親が使うわけにはいかないとごねてみせ、けっきょく小片をキセルに詰めこんだ。

7

「どう？　きた？　これは極上の品だから、ひと吸いでくるはずなんだ」

　どこかとろんとした目つきでマリオが猫と蒼ノ海に訊いた。

　猫も蒼ノ海も、首をかしげた。マリオは頷いた。

「初体験のときには、きたことがなかなかわからないんだよな」

「なにを偉そうに言ってやがるうははははははははははははははははははははは」

　喋りの途中から唐突に猫が吹きだした。狂ったように笑いはじめた。

「うはは」

　つられてマリオも吹きだした。猫とマリオはソファの上で複雑に身を捩って笑い転げている。

蒼ノ海は首を左右に振った。

「眠り猫のダンナも、マリオさんも、ワシには理解できないっすよ」

だが、そんな理性的な言葉を口ばしる蒼ノ海の瞳は異様に充血している。

唐突に猫とマリオが笑いやんだ。マリオは手を伸ばし、蒼ノ海の頭を小突いた。

「なにマジな顔してやがるんだよ」

「そうだ。蒼ノ海、おまえは亀に似ている」

「亀……亀っすかあ」

「そうだ。マリオはマリオ族で、俺は猫で、蒼は亀だ」

「亀、亀、うわはははははははははははは」

マリオは蒼ノ海を指さして、ふたたび狂ったように笑いだした。

猫はマリオを一瞥して、フンと鼻を鳴らした。それから軽く蒼ノ海の脇腹に肘打ちを喰らわした。

「ぶわっはっはっはははははははは」

とたんに、蒼ノ海の喉から弾けるように笑いが飛びだした。

蒼ノ海はソファの上で暴れた。なにがおかしいのかわからない。ただ、心の底からおかしくて、やがて腹筋が引き攣れだした。

8

ふと気づくと、マリオも猫も、ソファに沈みこむようにして、しんみりしていた。いつのまにか蒼ノ海自身も笑いやんでいた。なんともゆったりとした気分だった。そればかりか、相撲で痛めた膝がじんじんする。熱が集中して、柔らかく、しかも深くマッサージされているかのような気分だ。

蒼ノ海は猫とマリオに気づかれないように吐息をついた。

結局、相撲を廃業する原因となってしまった膝の故障である。これほどやさしく巧みにマッサージされたことはなかった。

これがハシシの力なのだろうか。内側から、内面から、ご苦労さん、と蒼ノ海のボロボロの膝を労《いたわ》ってくれる。

蒼ノ海はねぎらわれた。誰も、この膝の苦しみをわかってはくれなかった。

ようやく十両にあがった。気の弱さが勝負にでて、十両にあがるまでにはひどく時間がかかった。

ちょうど三十歳になっていた。もう、欲はなくしていた。ただ、体調は悪くなかった。

充実していた。

このまま幾場所か勝ち越して、一度でいいから幕内にあがり、幕内で相撲を取り、そして引退したいと、秘かに夢見ていた。

三役になりたいとか、横綱や大関になりたいといった大それた夢を持っていたわけではない。幕のどん尻でいい。一場所でいい。

十両初場所は、ひどく調子が良かった。十一日目で九勝していた。

十二日目。テレビの相撲中継の期待される新十両のコーナーでインタビューされた。

インタビュアーは、あと一勝して、十勝したいですね、と水を向けた。蒼ノ海は照れて聴きとれない声で、ワシなんか……と俯いた。

いまの勢いならば、十両の優勝争いにも絡んできますよ、とインタビュアーは頷いた。とたんに額や頭の中から汗が噴き出したのをいまでも覚えている。

ワシなんか……ワシなんか……それしか言葉が口からでなかった新十両のインタビューだった。

しかし、内心期するものがあった。

土俵にあがった。

小結まで行ったことのある大先輩関取が相手だった。

立ち会いは互角だった。

うまく頭であたることができた。

そのときのビデオを見ると、頭と頭がぶつかりあうゴッ……という鈍い音がはっきり聴こえる。

しかし、蒼ノ海は潜り込まれていた。前褌《まえみつ》を二本とられていた。

引きつけて、相手は一気に走った。

蒼ノ海は土俵際でこらえた。

残すほうに六分の利。

ぐいーっ、と相手の軀が伸びあがってきた。

蒼ノ海は相手のまわしをとった。

魔がさした。

うっちゃった。

安易なうっちゃりだった。

もつれあい、絡みあった。

土俵下に転げ落ちた。

土俵下から首をねじ曲げ、行司を見た。

軍配は東。

勝った。

安堵の吐息。

ちいさく先輩力士に目礼して、立ちあがろうとした。

立てなかった。

膝から崩れ落ちた。

土俵下の勝負審判が小声でおい、と促した。

幾度も、幾度も立とうとした。

痙攣するように膝がふるえ、尻餅をつくだけだった。

ようやく右膝から下が奇妙に捩れてあさっての方向を向いているのに気づいた。

終わった。

直感した。すべてが終わった。

「雪代って女はね、ギャラクシーからのまわし者なんですよ」

マリオの声が遠くからとどいた。蒼ノ海は我に返った。

「ウチの店、ラブアフェアとギャラクシーは客層が一緒なんです。しかも目と鼻の先といっていいくらいの位置にある。お互い意識しないほうがおかしいですよ。そこへきて、この不景気でしょう。最悪ですよ。過当競争。過熱気味なんてもんじゃない。

生き残りをかけた闘いです。俺もジャーマネなんて肩書きでブイブイいわしてるけど、店があっての俺ですからね」

蒼ノ海はマリオの喋りをぼんやり聞いた。そして、思った。マネージャーと呼ばれることを嫌い、肌が浅黒いところから自分をマリオと呼ばせる。マリオとはマリオ族からきているのだ。

変な人だ。しかも、まわりの人間は、本人も含めて誰も気づいていないみたいだが、マリオ族は誤りだ。マリオ族じゃない。マオリ族だ。

マオリがマリオになってしまう。

新宿らしい。

どこが?

むずかしく考えないで。

歌舞伎町のノリなんだから。

蒼ノ海は目頭をもんだ。

じんじん響いて、気持ちいい。

瞼の裏に雪代の面影。

マリオの言うとおり、整形しているのかもしれない。

「ワシも整形しようかな」

独白すると、向かいに座っているマリオがひどくやさしい声と表情で、そうだな、と言った。

どうやらハシシというものは、人をやさしくするらしい。

わるくないっす……蒼ノ海は前後左右に揺れだした。眼を閉じると光の帯が瞼の裏側で炸裂しはじめた。

脳が自ら発光している。赤と青、黄色に緑。鮮やかに光る幾何学模様。それらは呼吸にあわせて踊り、変化していく。

『そう、あたしも北海道なんだ』

『どこっすか？』

『あたしは余市。余市から積丹《しやこたん》側へ五キロくらい行ったとこ』

『ワシ、積丹の先っちょ、余別の出身です』

『えーっ、じゃあ、同郷じゃない！』

『雪代さんはなんで東京へ？』

『蒼関といっしょ』

『蒼関って……ワシのことですか？』

『十両まであがったんだから、関取でしょう』

『まあ、そうですけど……ワシといっしょって、どういうことですか？』

『元祖、相撲の追っかけギャル』

『また、冗談を言う』

『ふふふ』

雪代は悪戯っぽく笑った。

『あたし、強くて大きい人が大好きなのよ』

蒼ノ海の手をとった。掌も甲も、くまなく指先でなぞった。

『大きくて、強い人が好き』

繰り返し、伸ばした小指の爪先で蒼ノ海の掌の感情線を幾度もなぞる。なぞりながら、身を寄せる。胸を突きだし、蒼ノ海の二の腕に押しつける。露骨に乳房をつぶして、潤んだ瞳で微笑む。

コロンの香りに、成熟しはじめた女の潤いの匂いが絡み、蒼ノ海の鼻腔を擽る。

雪代は悪戯っぽい眼差しで蒼ノ海の股間を凝視する。

蒼ノ海は羞恥に顔を背ける。

雪代が耳元で囁く。

『いつかね』

蒼ノ海の耳朶《みみたぶ》に唇が触れる。

『いつか、蒼関のここを、あたしのなかに、全部、おさめてあげる』

真っ赤な口紅を塗った唇がねっとりと蒼ノ海の耳朶に絡む。そして、息にまざるアルコールの匂いが肌を擽る。

『いつか、あたしのなかをいっぱいにしてね』

雪代の手が蒼ノ海の腿にのびた。蒼ノ海は逃げ腰だ。

『男の人があたしのなかで弾ける瞬間が大好きなの』

9

マリオはマネージャーという立場上、いっしょに行動できないと言い張った。店にいなければならないというのだ。

「苦しい言い訳だ」

「どうしてすか」

「マリオは自意識の塊なんだよ。いつも突っ張っている。でも、それは多少ヤクザがかった小僧なんかのあいだだけで通用する突っ張りだ。モノホンのヤクザのところへ顔をだせば、マリオはヘイコラするしかない。米搗《こめつ》きバッタみたいなものだ。

そんなところを一の子分である蒼ノ海に見せられるか？」

「ワシは一の子分ですか？」

「ちがうのか？」

「……一の子分です」

夕暮れが迫る歌舞伎町だ。すっかり春めいて、そろそろ女のノースリーブも見られそうな、そんな季節だ。

猫は歌舞伎町でありとあらゆる人種から挨拶された。その中には、あきらかにヤクザもいた。

人々の挨拶を鷹揚に聞き流し、猫は道の真ん中を行く。突っ張っているわけではない。ごく自然に歩いている。

そして、人々は、猫に道をゆずる。蒼ノ海はそんな猫の左、やや後ろに従っている。あくびのでそうな、のどかな時間だ。なんとも気怠い。

ハシシのせいだろうか。あれ以来、すべてがどうでもよくなってしまった。妙に淡々とした、悟ったような気分なのだ。

ほんとうに余市出身の雪代なる女がいたのだろうか。ほんとうに雪代にやさしくされたのだろうか。

すべては夢のような気分だ。蒼ノ海は歌舞伎町の雑踏を他人事のように感じていた。

それは名護屋一家白石組の事務所がある雑居ビルの前に立ったときもいっしょだった。

10

「猫か」

組長は爪の手入れをしながら、顔もあげずに言った。鼻の下にヒットラーのようなちょび髭を生やしている。眉も髭も妙にくっきり黒々として、うきあがって見える。猫とほぼ同年輩だろう。

猫は勝手に組長の前のソファに腰をおろした。蒼ノ海に向かって顎をしゃくり、隣に座れと促す。

蒼ノ海は軀を縮めて、猫の横に座った。ソファの革の匂いがきつい。いい加減な鞣《なめ》しの安物だ。横の壁には、組の名がはいった提灯が無数にさがっている。印象は垢抜けない。

組長はあいかわらず爪の手入れをして、顔をあげようとしない。

ゾーリンゲンのマルテーザー製の爪切りセットだそうだ。ハサミからペンチのようなものまで、七つほどの爪切り道具が並んでいる。

若者が猫の前にかしこまって茶をおいた。蒼ノ海には刺すような視線を向けて、茶をおく。蒼ノ海は萎縮しきって、茶碗から立ち昇る湯気を見つめる。

「今夜、ホの字の女と会うんだ」

ようやく組長は顔をあげて言った。猫の前に丹念に手入れした右手を突きだす。中指を立てる。

「ほら。この指って愛の指だから。手入れは欠かせないよな。これ、紳士の身だしなみってやつかな」

「ホの字って雪代か？」

猫が訊いた。唐突だった。蒼ノ海の喉仏がぎこちない音で鳴った。組長は平然と答えた。

「そう。雪代」

「それで若雄鋒に拉致させたのか？」

組長は、猫の問いかけに、薄笑いをうかべた。

「ばーか。雪代は初めから俺の女だったんだよ」

「そういうことか」

「そういうこと」

猫は蒼ノ海の肩に手をおいた。

「そういうことだってさ」

「そんな……」

かろうじて声をあげた蒼ノ海に向かって、組長は訊いた。

「おまえ、ラブアフェアの用心棒？」

「いえ……はい」

「いい軀してるなあ」

猫がかわりに答えた。

「つい数ヵ月前までは、現役だったからな」

「ふーん。若雄鋒とやったら、どっちが強いかな」

蒼ノ海は口の中でなにか言い、俯いた。

「なあ、関取。ウチへこないか。俺、関取の相撲、好きだったよ。大好きだった。惜しいところで故障しちゃったよな。軀が柔らかかったら、三役まちがいなしだったよ」

「組長は蒼ノ海の相撲を知っているのか？」

「ああ。こいつ、いい相撲取りだったよ。ただ、体が硬くてなあ」

「――師匠に、いつも言われてました。自分なりに柔軟体操なんか、必死でやったんですが」

俯いたまま、蒼ノ海は言った。組長は、うんうんと、二度頷いた。

「なあ、蒼ノ海。過去にこだわるな。ウチの組にこいよ」

猫が割りこんだ。

「蒼ノ海は一応、まだラブアフェアの用心棒なんだよ」

「そのラブアフェアだがな。潰れるよ」

「潰れる？」

「マリオって馬鹿、いるだろう」

「ああ。ちびのジャーマネだ」

「客欲しさに、マリファナのサービスをはじめた」

「──ハシシか？」

「そう。鼻糞みたいな塊だよ。上客を離したくないものだから、金遣いのいい常連に、ハシシを分けている」

蒼ノ海は絶句した。昨日マリオとやったハシシは、その余りだったのだろうか。猫が腕組みして、呟いた。

「じつは、俺も昨日マリオから貰って、吸ったよ」

「猫。おまえさんも、不道徳な男だな」

「組長に言われたくはないな」

猫と組長は同時に笑った。蒼ノ海だけが呆然としている。

笑いをおさめ、猫が言った。

「なあ、蒼ノ海。どんな絵かわかっただろう。組長は自分の彼女である雪代をスパイとしてラブアフェアにホステスとして送りこみ、マリオのハシシサービスの実態を調べさせた。

若雄鋒が雪代をさらっていったのは、じつは組長の命令というわけだ。拉致でもなんでもない。

雪代はもう充分に調べつくしたってわけだ。これからどうなるのかわからんが、証拠は充分。組長、あるいはギャラクシー側の思いどおりになる。

警察がでてくるのか、じわじわと内密に脅されるのか……とにかくラブアフェアはおしまいだ。

ここはひとつ、組長にお願いして、杯を貰ったほうが、世渡りとしては正解じゃないか？」

組長は腕組みして、そのとおりと頷いた。蒼ノ海はうわずった声をあげた。

「猫のダンナはワシにヤクザになれって言うんですか！」

「いいじゃないか。若雄鋒という立派な先輩がいる。マリオが言うのとは、どうも情況は大違いだぞ」

組長は爪切りセットを片づけながら訊いた。

「マリオはなんて言ってた？」

「名護屋一家白石組は若雄鋒をもてあましているってさ」

「――それ、事実なんだ。かろうじて俺の言うことはきくけど、他の組員に示しがつかねえや」

「そうか。なら、蒼ノ海はお買い得だぜ。これくらい従順な元相撲取りはいない」

「ああ、見てればわかる。気は弱そうだが、幾度か修羅場を踏ませれば、使えるぜ」

「ワシ、修羅場なんていやです！」

蒼ノ海は叫んだ。組長がニヤッと笑った。猫もあわせて微笑した。微笑しながら、言った。

「マリオにハシシを摑ませたのは、組長、あんただろう。あんたがすべてを仕組んだんだ」

11

組長は首を左右に振った。

「なあ、猫。どうして、おまえさんはそうやって勝手に話をつくってしまうんだ？」

「俺の言うことはまちがっているか？　組長さんよ」

組長は磨いた爪先を弄んだ。唇には薄笑いがうかんでいる。

「猫って、ワルなんだよ」

「あいにく、俺は正義の探偵様だよ」

「ワルだよ。ワルじゃなければ、そんなあてずっぽうの発想をするわけがない」

猫は苦笑して、かるく伸びをした。両腕を頭の後ろで組み、もともと細い眼をさらに細めた。

蒼ノ海はハッとした。猫を覗きこんだ。なるほど、日溜まりで微睡《まどろ》む猫のような表情だ。

うっとり猫の表情を見つめているのは、蒼ノ海だけではない。組長も小首をかしげて、和やかな顔で猫を見つめていた。やがて、小声で言った。

「大きな声じゃ言えないが……」

「小さな声では聞こえない」

「聞こえてるだろう。つまらん突っ込み、するんじゃない」

組長と猫のやりとりは、それなりに息があった漫才のようだった。こんな様子だけを見ていると、なんとものどかだ。

猫は頭の後ろに組んでいた手をおろし、顎をしゃくって先を促した。

蒼ノ海は呆気にとられていた。相手はヤクザの組長なのだ。しかし、この様子を見ていると、まるで猫のほうが格上のような感じさえする。

組長は猫の横着な態度を咎《とが》めもせず、抑えた声で告白しはじめた。

「ギャラクシーだがな、あの店は俺のものになったんだ」

「知らなかった」

「組の者の幾人かと、猫、あんたしか知らんよ」

ワシは員数外ですか……蒼ノ海は心の中で呟いた。すこし、悲しい気分がした。

「不景気なんだよ。絶望的な不景気だ。ギャラクシーの社長も必死でな。あれこれ頑張ったんだが……」

「組長絡みの金融に頼って資金繰りしたのがまずかった」

猫の言葉に、組長はきまり悪そうに笑った。

「まあ、そういうことだ。ただ、ギャラクシーの社長は知らぬ仲じゃない。表面上はいままでどおり奴を立てているのさ」

「しかし、遣り口は、ヤクザのものになった」

組長は溜息をついた。頭を掻いた。

「猫よ、おまえ、もう少し含みをもった言いかたとか、できないのか？」

「事実というものは、いつだってゆるぎなく厳然としたものよ。含みもへったくれもない」

「なんだかなあ。ま、いいか。俺はヤクザだ。ヤクザの遣り口しかできんよ」

「俺は、そういうのが好きだ。居直った奴には、味方したくなる」

猫の言葉に、組長の表情が輝いた。

「そうか、そうだと思ったよ。猫自身も居直ってるからな。俺も猫のことは、けっこう好きだよ」

「ヤクザに好かれてもな」

「照れるなよ」

組長は勝手に納得して、うんうんと頷き、話を続ける。

「バブルの頃なら、ギャラクシーとラブアフェア、両雄並び立って歌舞伎町の夜を彩ることもできたわけだが、こう不景気になるとなあ。

冷たい言いかたをするが、ふたつのうちのどちらかは、もう要らないんだ。不要だ。正確には、邪魔だ。

取り除かないと、共倒れになる。すると、大勢のホステスやバーテンの皆様が路頭に迷い、明日の米にも苦労なさるわけだよ」

「明日の米ときたか。さすが、組長。大局に立った物の見方ができる人だ。社会主義こここにあり」

「――嫌な男だな、おまえは」

「さっきは褒めたじゃないか」

「魔がさした」

思わず蒼ノ海は吹きだした。組長と猫の視線が蒼ノ海に向いた。蒼ノ海は咳払いし、真顔をつくり、姿勢を正した。組長が蒼ノ海に声をかけた。

「おい、用心棒」

「はい」

「悪いようにはしない、うちへこい」

「はあ……」

「なにか？　契約金でもほしいのか」

「いえ、そんな」

「じゃあ、なんだ？　ヤクザが嫌いか。だが、現実にマリオのやってることもヤクザとかわらんぞ。

あいつは昔ウチの下部組織にいたことがあるんだよ。口ばかりで、不始末ばかり。破門になったがな。

無様な奴だった。指も満足に詰めることができなくて、親に泣きついてな。

あいつの親御さんが田舎の山林を処分して、その金で指詰めを勘弁してもらったって立派な過去があるんだ。

あいつはいまや、ヤクザになりたくたってなれない御身分なんだ」

「組長。蒼ノ海はそれでもマリオのダチだぜ」

猫が諭すように言った。組長は、すまんと呟いた。

「話を元に戻そう。猫、おまえが考えているとおりだよ。俺は雪代をラブアフェアに送りこんだ。

俺はラブアフェアを潰そうと考えている。それしか共倒れを防ぐ方法はない。これは、闘いだ。戦争だ。ギャラクシーとラブアフェアの戦争だ。きれいも汚いもない。勝てばいいんだ。

マリオは女にだらしない。マネージャーの権力をたてに、さっそく雪代に迫った。もちろん雪代は突っぱねた。雪代に完全に脈がないと知ってから、マリオは雪代につらくあたったそうだ。

俺はそれとは別にハシシのルートをマリオと接触させた。まだマリオが雪代に完全に突っぱねられる前だ。雪代がマリオを適当にあしらっていたころだ。

マリオは入手したハシシを、雪代にすすめた。雪代は適当にはぐらかし、それよりも常連で口の堅いお客さんにサービスしてあげたら、と吹き込んだ」

組長は満足そうに口を噤《つぐ》んだ。猫はどうしたものか、といった表情で顎の先を弄んだ。蒼ノ海に囁いた。

「出る幕がないぜ」

「はあ……」

どことなく納得がいかない気分ではあるが、雪代が組長の愛人ならば、たしかにもう出る幕はない。

せっかく見つけた仕事場だが、次の仕事を探したほうがいいかもしれないと、蒼ノ海は漠然と考えた。そんな蒼ノ海の腿の上に猫が手をおいた。

「しかし、だ。それなりの金銭は戴くぞ」

「はあ?」

「昨日、今日と、おまえは俺の時間を買ったんだ。こうして事実が分かるまでつきあった。調査費を支払ってもらおう」

蒼ノ海は呆気にとられた。しかし、とりあえず、猫の言うことは理路整然としていて、逆らいようがない。

「あの……分割払いでいいですか?」

「かまわんが、利子を考えると、一括で払えるなら、そっちのほうがいいぞ」

「利子……」

「おまえもゴッツァンですの相撲主義社会を引退して、資本主義社会に生きていくんだ。ちったあ社会の仕組みというものを勉強したほうがいい」

蒼ノ海はうなだれた。組長は手入れしたばかりの爪を口元にやり、嬉しくてしょうがないといった表情だ。ニヤニヤしながら蒼ノ海を窺う。

猫は肩をすくめた。蒼ノ海を促す。

「さあ、立て。お暇《いとま》しよう。これからは俺とおまえの金の話だ。組長にお聞かせする会話じゃない」

組長は猫に哀願の眼差しをむける。もうすこし、この世間離れした、どこかタガのゆるんだ猫と蒼ノ海の会話を楽しみたい。

猫は組長の気持ちを承知しながら、無表情に蒼ノ海を立たせる。その巨大な背を押す。組長は半立ちになっていたが、ちいさく溜息をついてソファに腰をおとす。

そこへ組の若い者が駆けこんできた。猫に一礼し、蒼ノ海をよけ、組長の前に立ち、耳打ちする。

若者の耳打ちを聞いているうちに、組長の眼は飛びださんばかりに見開かれた。

組長は歯軋りした。目を剝いたまま、猫と蒼ノ海に声をかけた。

「まて。まってくれ」

猫はゆっくりと振り向いた。蒼ノ海はあせって振り返った。猫は気のなさそうな声で訊いた。

「どうした」

「雪代が……雪代が使いものにならなくなった」

猫は肩をすくめた。

「どういうことだ?」

「だから、雪代が……雪代が……」

「落ち着けよ、組長」

組長はソファにへたりこんだ。抑揚を欠いた声で、独白するように呟いた。

「雪代が使いものにならなくなった」

「使いものにならなくなった?」

「使いものにならなくなった。若雄鋒に犯されて、裂けちまった」

「裂けた?」

「陰部裂傷だ」

「若雄鋒は、そんなにでかいのか?」

「ガキ産んだ女なら、いけるかもしれんが、雪代は……」

「凄い話だな」

猫は感心したように首を左右に振った。蒼ノ海は下を向いていた。人ごとではなかった。

「蒼ノ海。おまえもでかいのか?」

「はあ……いいえ」

「そうか。大正のころの横綱で、惚れた女が小柄すぎて一度もできずに、失意の果て、引退後は下足番として死んでいった相撲取りがいたという話を聞いたことがあるが……」

頭を両手で覆っていた組長が、弾かれたように立ちあがった。

「猫。蒼ノ海といっしょにケリつけてくれ！」

組長に迫られて、猫は蒼ノ海を上目遣いで見た。

「蒼ノ海といっしょじゃなあ。若雄鋒なんぞ後ろからトカレフで撃ち殺しちまえばいいじゃないか」

「なんちゅうことを言うんですか！」

蒼ノ海が叫んだ。猫は露骨に顔をしかめた。

「おまえと俺が束になったって、若雄鋒に勝てるかよ？」

「――」

蒼ノ海は沈黙した。猫は組長に言った。

「ごめんだね。相手が悪すぎる」

「そう言わずに、なんとか……」

「組長の気持ちはよくわかるよ。てめえの女が子分に犯されて陰部裂傷なんて、他の組の奴らに知られたら、物笑いのタネだ。

絶対に、若雄鋒を許すわけにはいかない。だが、銃で背中を撃ったなんてんじゃ、さらに笑いものだ。

あの組は、子分の不始末ひとつ真正面から対処できねえなんて嘲笑われるのがおちだ。

さあ、弱った。てめえのところの組員は若雄鋒に立ち向かえるほどのタマはいない。素人衆にはやたら強いんだがなあ、あんたのとこの組員は」

「また、そういう皮肉を言う。俺とあんたの仲じゃないか」

「あいにく、俺はヤクザじゃない。義理人情とは縁がないんだよ、組長」

「――どうすればいい？」

「きまってるじゃないか。金だよ。金」

猫は、蒼ノ海を向く。

「いいか、蒼ノ海。世界は経済で動いているんだよ。ちゃんと学ぶのだぞ」

蒼ノ海は曖昧に、はあ……と返事した。猫はヤクザの親分を手玉にとる、とんでもない男だった。

猫は組長に向きなおった。

「一千万」

ひとこと、言った。蒼ノ海は耳を疑った。

組長は真顔で思案している。

「――五百万にまからんか？」

「話にならんな。発展途上国の市場や関西で買い物をしてるわけじゃないんだよ、組長。ここは関東なんだ。買い物は、正札どおりさ」

「近頃はディスカウントストアが盛んじゃないか」

組長は泣き声だ。すがりつくようにして、迫る。

「じゃあ、七百万。七百万でどうだ？」

「消費税込みか？」

「猫！　俺はマジなんだぜ」

猫は笑った。外人のように肩を大げさにすくめた。

「ヤキはいれる。しかし、殺しはしない。いいな？」

組長は黙考した。頷いた。

「殺してやりたいところだが……まあ、しかたない。だが、半殺しにしろ」

猫はニヤッと笑った。とぼけた声で言う。

「暴力は嫌いなんだよ。俺は非暴力主義者さ」

言いながら、室内を見まわす。

「提灯じゃしようがないなあ。木刀はないか？」

「用意させよう。あんたが棒を持てば百人力だ」

組長は続けて蒼ノ海に言った。

「猫は剣道の達人なんだ。警視庁でも一、二をあらそう達人だ」

「警視庁？」

「やめてくれ」

猫は露骨に顔をしかめた。組長は卑屈に、すまん、すまん、と繰り返した。

12

すっかり暮れていた。自販機のワンカップを立ち飲みした。猫はひとつ。蒼ノ海はよっつめだ。

「水みたいに飲むなあ」

「すんません」

「いや、前金もはいったことだし、もっとパーッといきたいところだが、仕事を終えるまでは地味にいく主義なんでな」

「ワシ、こういうの、嫌いじゃないっす」

「じつは、俺もだ。酒の肴は侘《わび》しさ。最高だ。こういうタイプの自己憐憫は金では買えない。

どうだ。こう、自販機に寄りかかって、拗ねた眼をして、ちょっと斜めから世の中を見る。醒めた笑いを唇にうかべてな」

猫は眼を細めている。蒼ノ海はかついでいたゴルフバッグを肩からおろして、控えめな声で訊いた。

「警察官だったんですか？」

「遠い昔の話だ」

「やめたのは、なにか理由があったんですか？」

「蒼ノ海が相撲をやめたような明確な理由は、なかった。なぜ、やめたのか？　自分でもよくわからない。たぶん、期待されるのに嫌気がさしたんだろうな」

「そうっすか……」

「行こう」

「はい」

蒼ノ海はゴルフバッグをかついだ。なかには、組長が準備させた木刀が数本。蒼ノ海が大股で歩くと、バッグのなかでぶつかりあい、乾いた音で鳴った。

「マリオさんは、どうなりますか？」

「馬鹿な奴だ」

「店は潰れますか？」

「さあな。店が潰れたら、マリオは行くところがない。店があるからでかいツラもできるが、店がなければ、マリオは虚勢ばかりのただのチビだ」

「なんとかなりませんか？」

「マリオの心配をしているのか。おまえはあいつの気まぐれで殴られて顔にアオタンつくっている身分なんだぞ」

「こんなもん、稽古に較べたらなんてことないっすよ」

「そうか。とんでもない世界だな」

「廃業したときは、もう稽古しなくていい……そう思って、心底ホッとしたんですけど」

「苦しいことって、じつはけっこう気持ちいいんだよな」

「気持ちいいかどうかわかりませんが、なんか、ぽっかり穴があいちゃいました。世界はワシのまわりに半透明の膜を張ってしまったんです。

なんて言えばいいんですかね。世界は曇りガラスを通して見ているみたいで、なにもかもが、くすんでいます」

「半透明の膜か。若雄鋒もそう感じているのかな？」

「たぶん。相撲取りは、相撲しかできない人間なんですよ。現役の若雄鋒関の稽古を見たことがあります。手を抜いているようで、じつは凄まじい集中力でした。感動的でしたよ。ああ、ここに相撲取りがいる。つくづくそう思いました。ただ、人がたくさんいると、わざと手を抜くんです。自分は稽古なんぞしなくても、楽に勝ち越せるんだ、と恰好つけてしまうんです」

「若雄鋒なりのダンディズムだな」

「そういうの、ダンディズムって言うんすか？」

「さあな」

「――若雄鋒関はほんとうに相撲しかない人でしたが、相撲が好きじゃなかったような気がします」

「蒼ノ海は？」

「好きです。躯がいうことをきかなくなってやめてしまいましたが、なによりも、好きです」

先を行く猫が、振り向かずに言った。

「頼りにしているぞ」

蒼ノ海は曖昧に口を動かした。言葉にならなかった。自信なさそうに俯いた。

13

若雄鋒のマンションは富久町の東京医科大学の近くにある。このあたりまで来ると、わりに高級なマンションなどがあり、歌舞伎町のにぎわいが嘘のようだ。

名護屋一家白石組のほうから話がついているので、管理人は硬い表情で猫と蒼ノ海を案内した。

エレベーターのなかで管理人は緊張に耐えかね、オートロックを過信しすぎるせいで、逆に空き巣の被害が増えて困っているといった意味のことを早口でまくしたてた。

蒼ノ海は適当に相槌をうったが、猫はあくびして、小指の先で目脂《めやに》をほじっていた。

八階でエレベーターのドアがひらくと、管理人は完全に顔色を失って、口を噤んだ。

猫はフロアでゴルフバッグを蒼ノ海から受けとった。木刀を選ぶ。それぞれを正眼に構えて、掌への馴染みをみる。

選びだしたのは、いちばん短い、樫の木刀だった。蒼ノ海は物足りなく思った。もっと長いほうが、破壊力が増すのではないか。

「室内で振りまわすには、短いほうが無難なんだよ。それに、こっちは蒼ノ海関がついていらっしゃる。鬼に金棒ですぜ」

「鬼に木偶の坊かもしれませんよ」

「自分でボケてどうする」

喉が鳴る音がした。管理人だった。白髪まじりの髪が緊張の汗で濡れている。

「あの、わたしはこれで……」

「そうはいかない。俺と蒼ノ海が今晩はと挨拶しても、若雄鋒はドアを開けてくれないと思うよ」

蒼ノ海は管理人を横眼で見た。自分より緊張している人間がいるせいか、あんがい落ち着いた気分だ。

「802号室か。哀れにもブッツリだ」

猫は独白し、蒼ノ海に持たせていた長めの木刀を室外に立てかけさせた。

「予備だ」

呟いて、にっこり笑った。自分が持っている小振りの木刀は、背中に挿しいれる。

木刀はくたびれたスーツのジャケットに完全に隠れてしまった。それから顎をしゃくり、管理人に合図する。

管理人は額の汗を雑に拭い、ドアホンを押した。ドアホンの向こう側は沈黙している。

しかし、確実に人の気配がした。

猫はふたたび管理人に向かって顎をしゃくり、数メーター先のフロアにある消火器を手にとった。

管理人は顔を歪めた。顔中が皺だらけになった。唇を舐めた。得意がって大げさな演技をする売れない俳優を思わせた。蒼ノ海は苦笑した。

猫は煮えきらない管理人の頭を小突いた。とたんに管理人の口から言葉があふれた。

「あの、若雄鋒関、管理人ですが、富樫ですが、以前サインを戴いたでしょう。ええと、開けていただけますか。じつは新宿署の刑事さんがお話を聞きたいとのことで、悪いようにはしないからとおっしゃっています。ですから、速やかにドアを開けてください」

「刑事……」

「はい、刑事さんです」

猫が割りこんだ。

「名護屋一家白石組についてお訊きしたいことがあるんですよ」

「話すことはない」

「若雄鋒さんに関しては、どうこうする気はありません。情報交換ですよ。若雄鋒さんはいま名護屋一家白石組とまずい立場にあるんじゃないですか」

「——ヤクザには嫌気がさしたんだよ」

「正しい選択ですよ。よろしかったら、今後のことでも」

「すべてに嫌気がさしてるんだよ」

猫は蒼ノ海にむかって顔をしかめてみせた。蒼ノ海は吐息をついた。すべてに嫌気がさしている……自暴自棄ということだ。

猫は口調をかえた。

「若雄鋒。いま名護屋一家白石組は血相を変えて動いている。こっちはおまえがなにをしたかも知っている。いつまでも我々が名護屋一家白石組を抑えられると思うなよ」

しばらく間があった。蒼ノ海には、自棄になりながらもあれこれ考えをめぐらす若雄鋒の様子が痛いほどわかった。

やがて、ロックを解除する音がした。猫は消火器をふりかぶった。

蒼ノ海は呆気にとられて見守った。

管理人は後ろも見ずに逃げだし、足がもつれてフロアに転がった。

ドアが微かに開いた。

その隙間めがけて消火器が全力で振りおろされた。

歪んだ金属音が響いた。火花が散った。ドアチェーンがちぎれとんだ。

「蒼、ドアを引け！」

猫の叫びと同時に、蒼ノ海はドアノブをひっつかんで引いた。

14

スチールドアは開け放たれた。

饐《す》えた臭いがした。

生ゴミの臭いだ。

玄関口に仁王立ちの若雄鋒は、眼を剝いたまま動けないでいる。二メートル近い巨体が、立ちすくんでいる。

あまりの唐突さに、呆然としているようだ。格闘家の表情ではない。

猫は素早く判断した。若雄鋒が腑抜け状態のうちにカタをつける。腰の木刀を抜くよりも、消火器だ。

ふたたび消火器をふりかぶる。若雄鋒のパンチパーマ頭めがけて叩きつける。

蒼ノ海は思わず顔をそむけた。

木と木がぶつかったような乾いた音がフロアに響いた。

猫の軀がのけぞった。ぶつかり稽古で鍛えぬかれた若雄鋒の額は、真っ赤な消火器を跳ね返した。

跳ね返された消火器を離さなかった猫は、軀ごと後方へ弾かれた。

消火器の筒が歪んだ。白い粉末が狂ったような勢いで撒き散らされた。

猫は廊下に転がりながら、声をあげた。

「人じゃねえ！」

若雄鋒は消火器の粉末で純白の化粧を施されたまま、仁王立ちだ。

その純白の若雄鋒の額から、深紅の血が一筋、滴りおちた。

蒼ノ海は呆然と見守った。

額から頭頂部にかけて、ざっくり裂けていた。歪んだ十字架のような傷だ。

若雄鋒は両眼をきつく閉じ、首を左右に振った。

とたんに血が噴きだした。

額が血で盛りあがるかのように見えた。

消火剤の白い粉末が、深紅の血の上に浮きあがり、絶妙の対比だ。なんとも非現実的な光景だ。

滴りおちる血は床で跳ね、乱雑な模様を描きつつ、表面張力で微妙に盛りあがっていく。

あまりの出血の夥《おびただ》しさに、蒼ノ海は思わず駆け寄った。

若雄鋒は軽く肩を揺すった。

張り手だった。

間延びした蒼ノ海の顔面が斜めにひしゃげ、歪んだ。

蒼ノ海の巨体はかろうじて踏みとどまった。が、膝あたりが小刻みに痙攣した直後、すべての力が抜き取られたかのように崩れ落ちた。

強烈な脳震盪《のうしんとう》をおこしていた。蒼ノ海は完全に白眼を剝いていた。

「やばい」

猫は口の中で呟き、消火器を投げ棄てた。若雄鋒と視線が絡む。若雄鋒の荒い息が、猫の耳にとどく。

一歩、若雄鋒が踏みだした。

猫は四つん這いのまま、無様に逃げようとした。

若雄鋒の手が伸びた。猫の襟首をつかみあげた。ゆるゆると、猫の軀が宙に持ちあがっていく。

七十キロほども体重のある猫があっさりと宙に浮いた。

「たいした刑事だな」

血まみれの若雄鋒が言った。若雄鋒は血と消火剤にまみれても、端正な顔をしていた。猫から視線をはずし、昏倒している蒼ノ海を一瞥した。

「身のほど知らずが」

「雪代とかいう女は?」

若雄鋒は薄笑いをうかべた。

「裂けて、転がってるよ」

「ほんとうなのか?」

「一般人にすれば、名器なんだろうが」

「そうか。俺には抜群なんだろうな」

若雄鋒は猫を壁に叩きつけた。

襟首がちぎれ、猫は床に転がった。眼尻には涙がうかんでいる。

若雄鋒は冷たい瞳で猫を見おろした。

「いいか。はっきりさせておくぞ。雪代はもともと俺の女だったんだよ」

「——相撲の追っかけギャルってやつか?」

「ファンだ。俺の熱烈なファンだよ」

「俺の女にして熱烈なファンが、裂けて転がってしまうのも腑におちんが」

「ずっと避けてきたんだよ。行為自体を避けてきた」

「行為自体を避けていては、俺の女とは言えないだろう」

「——寝ることは寝るんだ」

「そうか。お互いを愛撫することはできるもんな」

「わかるだろう。俺は雪代を大切にしてきた。壊さないよう、気を配ってきた。どうしても女の軀そのものが欲しくなったら、俺を受け入れることのできる女を抱いた。

眼を瞑って、雪代のことを想いながら、俺が抱いても平気な女を抱いた」

「ほんとうに無理なのか？」

「もう、いい。その話はしたくない」

猫は床にへたりこんだまま、上目遣いで若雄鋒の股間を見つめた。嘲笑ういろがあった。

若雄鋒は猫の視線に気づいた。ジャージの前を隠した。見開かれた眼が血走っていく。

「なるほど。ご立派だ。たいしたものだ。なにか入れてるみたいに膨らんでいるぜ」

蒼ノ海は意識を取り戻しつつあった。いかに金をもらって引き受けた仕事とはいえ、猫の残酷さは許せない。

「猫のダンナ！　あんまりっすよ。ワシらは軀が大きいのが商売だったんすから」

思わず声をあげると、若雄鋒はゆっくりと振り返った。

「いっしょにするな、幕下が」

そのひとことで蒼ノ海は凍りついた。

血が凝固しはじめた若雄鋒の顔は、隈取りを施された歌舞伎役者のようだった。若雄鋒の瞳にあるのは、蒼ノ海に対する軽蔑だけだった。

「蒼ノ海とか言ったたな。身分をわきまえろ」

「――失礼しました」

「てめえのような落伍者を見ると、胸が悪くなるんだよ」

抑揚を欠いた猫の声が割りこんだ。

「正直に言えよ。蒼ノ海を見ていると、自分を鏡で見ているようだ、と。

見苦しいプライドは、棄てろよ。現役のころの位《くらい》なんぞ、なんの意味もない。いまが問題なんだよ。

過去の栄光とやらは、いつだって、いまの挫折に結びつくのさ。女々しくすがりついていないで、とっとと忘れちまえ。

いいか。過去の栄光ほど再出発を邪魔するものはない。過去の栄光ほど惨めったらしいものはない。

栄光の条件を教えてやろうか。栄光は、常に現在形でなくてはならんのさ。過去形の栄光は、正しくは、挫折と呼び慣わすんだよ。広辞苑を引いてみな。

おまえと蒼ノ海は、兄弟みたいなものだ。おまえらは、相撲しかとれない。相撲しか能がない。

若雄鋒よ。おまえさんは、ヤクザにもなれなかったじゃないか。ヤクザにもなれなかったんだぜ。これからどうやって生きていくんだ？　お先真っ暗ってやつじゃないか」

若雄鋒の顔が苦しげに歪んだ。顔の歪みには、憎しみが刻み込まれて破裂しそうだった。憎悪がはちきれんばかりだ。

若雄鋒はすべてを呪っていた。才能のある自分が現実には途《みち》を閉ざされて、ヤクザにまで身を落とし、そのヤクザ稼業さえ全うできなかったと嘲笑われ……。

猫はそんな若雄鋒の表情を冷静に観察していた。抑えた声で、さらにつけ加えた。

「おまえの絶望的なところは、自分に対する反省がないことだよ。ちったあ蒼ノ海を見習え。

蒼ノ海は世の中や周囲の人間を呪うまえに、自分をしっかり分析して、身のほどを知っている。いささか弱気なのが難点だがな。

いいか。身のほどを知っているということを別の言葉で言うと、恥を知っているということだ。わかったか。恥知らず」

若雄鋒は呻いた。唐突に呻いた。凝固した顔の血をむしりとるように掻きむしった。顔の筋肉の動きにあわせて、裂けた額の傷口から覗ける肉が蠢《うごめ》くのが見えた。蒼ノ海はそれを呆然と凝視した。

若雄鋒は腰をおとした。両手を床に着いたきれいな仕切のかたちから、猛然と猫に向かって突進した。

中腰で逃げようとした猫の首筋に腕が伸びていく。Ｙの字に開いた親指と人差し指が猫の喉に吸いこまれていく。

強烈な喉輪だった。猫の顔面が不自然な勢いで後方にねじ曲がった。

突進した若雄鋒は勢いあまって肩から壁に激突した。白い埃がたち、壁にひびがはいっていた。

15

若雄鋒は壁のひびを満足そうに見つめて呟いた。

「手抜き工事だ。以前から思っていた。このマンションの壁は、謳い文句ほどの厚さがない」

蒼ノ海は呆然と立ち尽くしていたが、あわてて猫に駆け寄った。

猫は気丈に笑いかけたが、すぐに咳こんだ。咳といっしょに血の泡が噴きだした。

「ダンナ！」

「まいった……たまげた……俺は生きてるのか……？」

ほとんど聴きとれない掠《かす》れ声だった。喉の軟骨を潰されたのかもしれない。血は沸騰したかのように泡立ち、猫の顎から下を真っ赤に汚している。

蒼ノ海は血の鉄の匂いを嗅いだ。ダンナの血は若雄鋒関よりも濃くて、匂う。そんな印象をもった。

「ダンナ。ワシらでは無理っす。警察を呼んでもらいましょう」

「蒼ノ海。この化け物は、俺たちで処理するしかない。誰も助けを呼んではくれんぞ」

マンションの廊下は静まりかえっている。八階の住人たちには、名護屋一家白石組からなにがあっても沈黙を守るようにと脅しがはいっているのだ。

「相談は終わったか？」

猫と蒼ノ海に影がさした。腰に手をやった若雄鋒が見おろしていた。

猫は不敵に笑いかけた。しかし、次の瞬間、血に噎せた。

蒼ノ海は必死で猫の背をさする。猫は眼尻に涙を滲ませて、喉がちぎれそうな咳をした。

「蒼ノ海。格というものの違いを教えてやるよ」

腰にやっていた手を脱力しておろし、なんとも嬉しそうな笑顔をうかべて若雄鋒が言った。

自らの人間離れした力に対する陶酔があった。そして、陶酔を許すだけの実力が若雄鋒にはあった。

蒼ノ海は猫を支えていた手から力を抜いた。猫の瞳に諦《あきら》めのいろがうかんだ。

直後、蒼ノ海は逃げだした。無様に廊下を駆けた。ドス、ドス、ドス……マンション中が振動しそうな無様で重い音が響く。

若雄鋒はその背を見送りながら、呟いた。

「馬鹿が。非常口は行き止まりだ。そうだろう?」

猫は自嘲気味に頷いた。

「ああ。このフロアでケリをつけるつもりだった。逃げ場をふさごうと思って、管理人にロックさせた」

「逃げ場をふさぐ……誰の逃げ場だ?」

「結果的には、自分たちの、ということだ」

若雄鋒は得意そうに軀を反りかえらせた。案外、和んだ眼差しで訊いた。

「あんた、猫って言うのか?」

「ああ」

「うわさは聞いたことがあるよ。うわさどおり、肝《はら》の据わった男だ」

「ありがとう、と言えばいいか?」

「その必要はない。あんたは、その精神力と胆力に、軀がついていっていない」

「一メートル七十二センチ、七十キロ。そう卑下する軀ではないと思っていたが」

若雄鋒は、非常口で立ち往生し、狼狽えている蒼ノ海を横眼で見て苦笑しながら言った。

「ふつうの男を相手にするなら、それで充分だろう」

「若雄鋒関がここまで強いとは、正直思っていなかったよ。お見それしましたってとこだ」

「まあな。あの無様な蒼ノ海だって、決して弱くはないんだが、残念ながら、闘争心というものがまったく欠けている」

猫は苦笑しながら下を向いた。

「観念したか……猫のダンナ」

猫は下を向いたまま沈黙している。

若雄鋒は一歩引いた。大きく深呼吸した。

「殺してやるよ」

独白するように呟いて、腰を沈める。力をためる。

裸足の足裏が床を嚙んだ。キュッと泣き声があがった。肩口から猫にタックルをかけた。

若雄鋒の巨体が宙に舞うほどの、ダッシュだった。

猫は背に手をまわしていた。木刀を引き抜いた。

突き。

喉仏を狙いすましていた。

若雄鋒は切っ先が喉に突きとおる直前、顎を引いた。

完全に見切っていた。

猫の木刀は若雄鋒の額の傷に沿ってながれ、かたまりはじめた額の血を剝がす程度の打撃しか与えられず、若雄鋒の背後の空間をむなしく突き通した。

若雄鋒の筋肉の鎧《よろい》が猫に激突した。猫は若雄鋒と壁面にはさまれた。

肺のなかの空気がひと息に吐きだされ、血煙が舞った。肋骨の折れる音が猫の鼓膜に直接響いた。

蒼ノ海は押そうが引こうが開かぬ非常口の前で呆然と一部始終を見守っていた。

若雄鋒は昏倒した猫を見おろしている。足で腹這いに倒れている猫を仰向けにした。

「ほう。まだ意識があるのか。たいしたもんだよ、素人にしては」

呟いて、若雄鋒は蒼ノ海に向きなおった。彼方の蒼ノ海に向かって大声を張りあげる。

「おい、蒼ノ海。現役時代はおまえの稽古をつけてやることができなかったな」

「——若雄鋒関はワシなんかからすれば、雲の上のお方でしたから」

「いっちょ、揉んでやろう。仕切れ」

「あ、ワシ、結構です。遠慮します。だいたい、こんな離れて仕切る土俵なんて、ありませんから」

「そうだ。これはどちらかが死ぬまで闘う本物の土俵だ」

若雄鋒は四股を踏んだ。足先が頭よりも高くあがっている。現役時代とかわらぬ見事な四股だった。

蒼ノ海はうっとり見惚れた。

若雄鋒は頬を掌で二、三度叩き、活をいれた。まっすぐ蒼ノ海を見つめ、腰をおとした。

蒼ノ海を見つめる視線に、くもりはなかった。土俵上の力士の無心な闘志だけがあふれていた。

蒼ノ海は惹きこまれていた。

深呼吸した。

四股を踏んだ。

膝を故障して引退したのだ。無様な四股だった。

若雄鋒は腰をおとしたままそれを見つめ、声をかけた。

「痛むか?」

「はあ。まったく踏ん張りがききません」

若雄鋒は蒼ノ海の答えに苦笑した。

「素直すぎる。いまのおまえの四股が俺を油断させるための演技ならば、おまえにそういうことができたなら、確実に幕内で相撲をとれたさ」

蒼ノ海は俯きかけた。しかし、気力をふりしぼって、若雄鋒を凝視した。

若雄鋒関は、ワシを相撲取りとして扱ってくれている。

蒼ノ海は胸のときめきを覚えていた。稽古、稽古と厳しく言われる世界だが、実際は地道な努力が通用するような甘い世界ではない。

努力など最低条件なのだ。そして、強い者は稽古によってより強くなっていく。駄目な者は、稽古によって篩《ふるい》にかけられ、脱落していく。

プロにとっての努力とは、あるいは稽古とは、その程度の意味しかないのだ。努力は誇るものではない。隠すものだ。

そして、勝者とは、才能に恵まれた者のことをいう。肉体、知性、精神。すべてにぬきんでた者が、勝者である。

蒼ノ海のいた、そして若雄鋒のいた世界は、棚からぼた餅があり得る世界ではなかった。強い者が勝つ。それだけのことだ。

そして、じつは、別に相撲に限らず、現実のすべては、強い者が勝つようにできている。弱肉強食から顔をそむけていては、永遠に奴隷のままだ。

相撲社会から放り出されて蒼ノ海が漠然と考えていることをやや抽象的な言葉になお

すと、そういうことだった。

16

蒼ノ海は自分を奴隷であると感じていた。ときにそれを嫌悪しもするが、結局はご主人様の言いなりになる安穏さに負けてしまう。自分であれこれ判断するよりも、マリオにあれこれ指図され、猫に命令されているほうが楽なのだ。

しかし、若雄鋒は蒼ノ海を奴隷として扱わず、相撲取りとして見てくれている。それは、否応なしに現場からリタイアさせられた者同士の哀しい共感からきていることかもしれないが、蒼ノ海は久々に臍《へそ》の下あたりに力が満ちてくるのを感じた。

見つめあう。睨みあう。探りあう。

絡む視線に陰湿なものはない。

勝つことだけがすべてだ。平等であるとかのまやかしはない。力の強い者が、弱い者をねじ伏せる。

睨みあいは、数分におよんだ。若雄鋒の肌も、蒼ノ海の肌も、忘れていた緊張が漲《みなぎ》り、血の色に染まり、美しく張りつめている。

巨人たちは見つめあう。愛の言葉を囁きあう恋人同士よりも密につながっている。

視線に臆したとたんに、負けがきまる。蒼ノ海は気後れせぬよう、臍の下にこめた気を抜かぬ努力を続けている。

若雄鋒はそんな蒼ノ海の必死の努力を見抜いていた。気後れしないようにと息むこと自体、もう勝負に敗れているのだ。

唇の端に、残忍な笑いがうかぶ。いたぶってやろうと思う。若雄鋒は自分に酔った。相手は現役を退いたばかり。自分はもう数年前に引退して、完全に相撲の稽古とは縁が切れている。

それでも、蒼ノ海には負ける気がしない。格というものは、厳然としてあるものだ。格落ちの相手というものは、その心理まで手にとるように見える。

蒼ノ海は、なんら具体的な相撲のイメージをもっていない。ただ、漠然と気後れしないようにと力んでいる。

いかにも脇が甘そうだ。若雄鋒はあっさり二本差して、すくい投げで倒す情景を脳裏に描いた。

自分よりもさらに背の高い蒼ノ海の巨体をあっさり宙に舞わせる。肌がゾクゾクするような快感だ。

先に緊張の糸が切れたのは、当然、蒼ノ海だ。いたたまれなくなって、走った。

若雄鋒は余裕をもって、ワンテンポ遅らせて立った。

しかし、受ける気はなかった。蒼ノ海よりさらに速く走った。自分から差しにいった。

思ったとおり、蒼ノ海の脇はガラガラだった。甘かった。すっ、と二本はいった。

ちらっと蒼ノ海の表情を窺う。

蒼ノ海は狼狽している。

若雄鋒は満足の笑みをうかべ、さらに深く差した。すくおうと、腰をやや左におとし、さらに肩をいれる。

蒼ノ海が叫んだ。呻き声に聴こえた。獣じみていた。

若雄鋒がハッと身構えたときは、左右の肘が決められていた。

決められた肘は、微動だにしない。

若雄鋒は、格下の相手と舐めて、安直な取り口で対したことを後悔した。

蒼ノ海は唸りながら、両腕を締めあげる。若雄鋒の肘の関節は、逆方向に締めつけられ、軋み音をたてる。

「ほう……締め技か」

若雄鋒は激烈な痛みをこらえ、それをおくびにもださず、余裕の口調で呟いた。

それで蒼ノ海の意識がわずかにそれた瞬間を狙って、足を絡ませる。

うおぉぉぉぉ……

蒼ノ海は吼《ほ》えた。委細かまわず若雄鋒の両肘を決めたまま、一直線に走った。数十メートル走って、若雄鋒の背はエレベーターフロアの壁面に激突した。

衝撃がきた。蒼ノ海の視界が真っ白に抜けるほどの衝撃だった。若雄鋒は腕を決められたまま、蒼ノ海と壁にはさまれていた。

17

フロアの天井に貼られたボードが剝がれ落ち、黴《かび》臭い土埃があたり一面に立ちこめた。

「なあ、蒼ノ海よ。俺は誘いこまれたのか？」

「そうっす」

「二本差すように仕向けられていたのか？」

「そうっす。若雄鋒関はワシの相撲なんぞ興味の対象外で満足に見ていただけなかったでしょうが、ワシは若雄鋒関の相撲をいつだって羨望の思いで見守っていたんです」

「そうか……楽して勝とうという俺の取り口も見られていたのか」

「若雄鋒関はすばらしい才能を持っておいででした。楽して勝とうというのかどうかはわかりませんが、安易に決め技にはしるのをどことなく歯痒い思いで見ていました」

「決め出しは、俺の十八番《オハコ》だったよな……」

「はい。あれほどの人が、なんで決め出しなどという安易な相撲を取るのかと、なんだか悲しい思いで見守っていました」

「まいったな……俺の十八番で負けるとはなあ……」

若雄鋒は苦しげな溜息をついた。虚ろな眼差しを決められた腕にはしらせた。

「決め出しはいいが、今日の土俵に俵はなかった。ひたすら決めて走られて、このざまだ」

関節を逆に取られて締めあげられ、さらに一気に数十メートル走られて、壁に激突した衝撃は、若雄鋒の肘を完全に折っていた。

折られた肘の関節は、まるで蹴り折られた薪のような乱れた断面をみせ、肉と皮膚を突き破り、露出していた。

「蒼ノ海……いい加減にかんべんしてくれないか」

若雄鋒の顔が苦痛に大きく歪んだ。蒼ノ海は我に返った。交差させた両腕から力を抜こうと焦った。

しかし、蒼ノ海の両腕は凝固していた。硬直していた。微動だにしない。

蒼ノ海の眼は若雄鋒の腕から露出した骨にまとわりつく青い神経繊維をとらえた。蒼ノ海は完全に狼狽して、オクターブ高い声をあげる。

「若雄鋒関。すぐ、すぐ、救急車を呼びますから。医者にワシの腕、ほどいてもらいます。ほどいてもらいますから！」

若雄鋒は苦痛に顔を歪めながらも苦笑し、呟いた。

「やれやれ……膣痙攣みたいなものか……蒼ノ海の腕は……」

若雄鋒は狼狽して口から泡を吹きそうな蒼ノ海を見あげる。若雄鋒の顔は苦痛に歪んでいるが、苦笑は唇から消えない。

腕からあふれる血が蒼ノ海を濡らしていく。自分自身を濡らしていく。自分と蒼ノ海は、熱く、粘っこい真っ赤な血で接着されていく。若雄鋒は蒼ノ海を愛しく思った。不思議な感情だった。

18

フロアに転がっていた猫を助けおこして、若雄鋒の部屋にはいった。雪代はなんの感情もあらわれない瞳をぼんやりひらいて、ベッドで横になっていた。

蒼ノ海はためらいがちに声をかけた。

「雪代さん」

「蒼関……」

「蒼ノ海です」

「若雄鋒は？」

「救急車で……」

蒼ノ海は嘘をついた。若雄鋒は名護屋一家白石組の若い衆が無言で運びだしてしまった。

「蒼関が勝ったんだ？」

「はあ……まあ……」

「だめよね。若雄鋒は。いつまでも昔の華やかだったころが忘れられず、なにに対してもいい加減だった。ヤクザ稼業に対してだって」

蒼ノ海は沈黙した。かわりに猫が言った。

「若雄鋒は才能がありすぎたのさ。だから溺れてしまった」

「才能に？」

「そう。才能に溺れた」

「――おじさんね。若雄鋒と闘いながらあれこれジジ臭い説教していたのは」

猫と蒼ノ海は顔を見合わせた。蒼ノ海はすぐに顔をそむけた。必死で笑いをこらえた。

ようやく雪代の顔に感情らしいものがあらわれた。含み笑いだった。蒼ノ海はうっとり見つめた。

かなり若雄鋒に暴行を受けたのだろう。顔や軀には痣がたくさん残っている。それでも、美しかった。揺れるように輝く瞳は、故郷の冷たい夜に降る淡雪のように見える。

猫が咳払いした。抑えた声で訊いた。

「なぜ、若雄鋒を棄て、組長の女になった？」

「あたしを責めるの？」

「いや、単純に知りたいだけだ」

「なぜかしら……わからない。ただ」

「ただ？」

「人並みがいいなあって」

「組長は人並みか？」

「ええ。とりあえず、軀は」

蒼ノ海はぎこちなく顔をそむけた。

「あたし、大きい人が大好きでさ……お相撲さんが大好きだった。でも、お相撲さんは軀は大きいかもしれないけれど、心は案外小さくて……この歳になると、そんなことにも気づいてしまうのよね」

猫と蒼ノ海は同時に溜息をついた。直後、蒼ノ海に寄りかかっていた猫の軀が崩れた。猫は限界だった。

蒼ノ海は猫を雪代の隣に寝かせた。

「すいません。堪忍してください」

「いいよ、あたしは。でも、このおじさん、すごくヤニ臭いね」

蒼ノ海はなんと答えていいかわからず、曖昧に苦笑してみせた。猫は苦しげな息を吐きながら、蒼ノ海に言った。

「ここに連絡してくれ。ふたりまとめて診てもらおう」

蒼ノ海は猫の知り合いの外科医に連絡をとった。腕は抜群だが、もぐりであるとのことだ。

医師が来るまでの時間を蒼ノ海はもてあました。怪我をしているとはいえ、雪代の隣に猫が横たわっているのはどことなく落ち着かないし、気が抜けない。

そっと盗み見る。雪代が見つめていた。視線があってしまった。蒼ノ海はあわてて顔をそらした。

「ねえ、蒼関」

「はい」

「故郷に帰りたいねえ」

「そうっすね」

「まだ、雪が残っているよね」

「雪だらけっすよ。北海道の春なんて、名ばかりだから」

「でも……帰りたい。帰りたいねえ」

蒼ノ海はもう、なにも言えなくなった。ベッドから離れて、フロアを横切った。

窓を開け放つと、排ガス臭い、なま暖かい空気が流れ込んだ。それでも、吹き抜けていく風には春爛漫を思わせる艶があった。

19

猫の回復力は呆れるほどだった。蒼ノ海はマリオと猫を誘って、北海道に帰る雪代を羽田空港で見送った。

雪代の顔にはまだ青痣が微かに残っていたが、笑顔は明るかった。蒼ノ海にぴったり軀を寄せ、余市に遊びにきてと囁いた。

それを猫とマリオが冷やかした。蒼ノ海は首まで真っ赤になった。

雪代は幾度も振り返った。姿が完全に見えなくなると、蒼ノ海はなんともいえない虚脱感を覚えた。

「馬鹿だよ、おまえは。ダンナからもらった金を、全部雪代にやっちまったんだって？」

「いいんすよ。ワシ、飯さえ食いっぱぐれがなければ」

マリオは肩をすくめた。小声で猫に訊いた。

「俺はどうしたらいいでしょう？」

「どうするつもりだ？」

「店も危ないようだし、自首しようかな、なんて」

「ばっかじゃねえか、おまえは。たかがマリファナじゃねえか」

「そんなこと言わずに、自首するときは、つきあってくださいよ」

「自首する必要はない」

「あ、わかった。ダンナったら、俺がダンナと蒼ノ海とハシシやったことを喋らないか不安に思っているな」

「なに言ってやがる」

「とにかく、俺、自首することに決めたから。店に迷惑をかけないようにするにはどうしたらいいか、さんざん考えた結論なんだ」

「どうせ、潰れる店だぞ」

「ええ。でも、俺は、ラブアフェアのジャーマネだから」

浅黒いマリオの顔は毅然としたものに満ちていた。少なくともハシシの件ではすべての責任を自分でとろうという気構えがみてとれた。

20

新宿署に自首するマリオにつきあった日は、雨だった。マリオは蒼ノ海に傘をささせて、悠然と立ち番の警官を見つめた。

警官の眼が険しくなると、悪戯っぽくペロッと舌をだした。猫はあくびまじりに軒下で待っている。

「ねえ、マリオさん」

「なんだ？」

「マリオ族じゃなくて、マオリ族ですよ」

「知ってるよ、そんなこと」

「知ってるんですか」

「知ってる。でも、いちいち指摘するほどのことじゃないだろう。みんなマリオ族だと信じきってる。馬鹿ばかりなのよ。新宿よ。歌舞伎町よ。しかたないじゃないの」

「そうですよね。新宿ですもんね。歌舞伎町ですもんね」

「——おい、蒼」

「はい？」

「なんかばからしくなった」

「なにがですか？」

「ばれてもいないのに、自首するなんてよ」

「だって……あれほど決心は固いとか言ってたじゃないですか」

「新宿だぜ。歌舞伎町だぜ」

蒼ノ海は弱りはて、猫のダンナのほうを見た。

猫のダンナは軒下でくわえタバコを吐きだした。それから少し薄くなった頭頂部をぼりぼり掻いて、言った。

「ほら、つまらねえ自首ゴッコなんかしてねえで、はやくこっちへ来い。飲みに行くぞ」

「ダンナのおごりですか？」

マリオが訊いた。

「……しかたがない。とっとと来い」

「おい、蒼ノ海。ダンナが奢ってくれるって。さ、行くぞ」

満面笑みのマリオが蒼ノ海の尻を蹴りあげる。蒼ノ海は巨体を縮めながら、なにやら口の中でぶつぶつ文句を言っている。猫のダンナは、淡々としたものだ。

立ち番の警官は、雨に煙る路上を行くおかしな三人組を見送った。小首をかしげる。唇に苦笑がうかぶ。

解説

真保裕一

どうも一部のマスコミ関係者の方々は、やたらと作家にレッテルを貼りたがるようだ。かくいう私も、デビューのころから「社会派」並びに「取材が入念」というレッテルがついて回り、インタビューを受けるたびに、小説の中身よりも取材の苦労を聞かせてもらいたい、と言われ続けてきた。それだけではない。「真保さんって案外文章しっかりしてるんですね」とか「予想以上にストーリーが骨太なんで驚きました」などという侮蔑としか思えない賞賛まで浴びた過去を持っているぐらいである。要するに、一部の方が便宜上のためにべったりと貼ってくださったレッテルを信じ込み、真保裕一という書き手は取材に頼った一種の情報小説的な物語を書く者だろう、という先入観を抱く人が多かったわけだ。そんなインタビューばかりが続き、一時期、ほとほと嫌気がさしたものだった。

花村萬月も、デビュー直後から立て続けに連打されたその鮮烈な作品群から、早々とレッテルを貼られた口である。すなわち――愛と暴力の作家――というフレーズが、それだ。一時期、花村萬月その人や作品の紹介には、必ずといっていいほどそのフレーズがついて回っていた。

なるほど、花村作品には、特異とも言える愛の表現をしてみせる登場人物が少なくない。その歪んだ愛情表現が、時に暴力へと直結して炸裂するケースもあるし、苛烈なまでの暴力描写も確かに目立つ。さらには、著者自ら確信的に、「性と暴力」を売り物にしている嫌いもあった。

いやいや、嫌い、などではない。なにしろ花村萬月は、自著『あとひき萬月辞典』(光文社)の中で、こう述べているのだ。

――言い方が非常に悪いけど、お金儲けのために、ずっとねじ曲げてやってきたんだ。(中略)おれはおれなりに、五十枚に一回はセックスか暴力シーンをおいたんですよ。そういうサービスはしてたんだけど、かったるくなってきちゃって。

なんのことはない。「愛と暴力の作家」というレッテルは、花村萬月がプロの書き手の端くれとして、誠実なまでに読者をもてなそうと努めてきたサービスのひとつでしかなかったのだ。読者サービスのために盛り込もうと意識してきたのだから、「愛と暴力」

が花村作品に多く登場するのは必然で、そんなレッテルは、作者の表面上の特徴を一応はなぞっていても、花村作品の本質を何ら語るものではない。「愛と暴力」の裏に、何が託されているのか。問題なのは、そちらのほうだ。

さて、ここで考えてもらいたいのは、「愛と暴力」といった読者サービスに徹しようという試みのみで、本当に小説は成立し得るのか、という点である。

サービスに徹した小説は、もちろん読者の興味を確実に引く。しかし、その心をつかんで揺すぶるまでには至らない、と断じていいだろう。主人公が絵空事の感慨を開陳し、その行動に作者が一定の理由を敷衍してみたところで、切実感には薄く、読者の胸に響きようはない。登場人物の行動が、無理なくストーリーと溶け込んで初めて、読者は物語に共感を覚えていく。そこにこそ、作者の真の筆力が、大きく関係してくる。

初期の花村作品は、確かに読者サービスを心がけた「愛と暴力」に満ちていたが、そこには「愛と暴力」に走らざるを得なかった、登場人物たちの狂おしいまでの思いが、より自然な形で込められており、それが読み手にもストレートに伝わってきた。だからこそ、多くの読者が、花村作品を熱く支持したのである。強烈なプロ意識を持つ書き手だからこそ、単なるサービスに堕することのないよう、登場人物の心理や行動を丁寧に追い、その描写には全力を傾けるものだ。花村萬月は、その点において実に誠実な書き手だったと言える。

では、「愛と暴力」の裏に、花村萬月は何を託そうとしていたのだろうか。

ここで、託す、という表現を用いたが、おそらく執筆の際に最初から何かを明確に託そうという強い意志が、花村萬月にあったかどうかは疑問だろう。書き手は、作品に全力をそそげばそそぐほど、知らずと自らの心の裡《うち》を掘り下げ、つまびらかにしてしまうものだ。真実に負けない嘘をつくのが作家の仕事のようでありながら、よほど強固な信念と深い企みを抱いていない限り、作品には必ず著者の姿がそこかしこに現れてくる。「愛と暴力」の裏から、では、花村萬月の何が垣間見えてくるのだろうか。

それを考える時に、格好のテキストになりそうな一文を、鳴海章が『猫の息子　眠り猫Ⅱ』（徳間文庫）の解説で書いている。彼は、「花村作品に登場する暴力は苛烈だが、読んだあとは優しい気分になる」と言い、それは、「萬月の描く死が〈殉教〉である」からだ、と看破している。〈殉教〉――何かに殉じようとする純粋で強烈な思い――なるほど、花村作品の特徴の一端を表すには、実に的確な表現に思える。それに加えて、花村作品の秘められた資質を表すキーワードとして、私は〈原罪〉をあげておきたい。

原罪――それは、人間というものが生まれながらに負っている罪、のことだ。キリスト教の信者ではない私が多くを語れはしないのだが、人の存在は、必ずや他者に迷惑をかけて成り立っており、様々な人がいるからこそ、差別や争い事が生まれる、そういった意識が原罪という言葉には込められているのだろう。

花村作品で、〈原罪〉という言葉を最初に強く意識したのは、『聖殺人者イグナシオ』（廣済堂出版＝『イグナシオ』角川文庫）だった。主人公はイグナシオというハーフの少年で、彼は修道院の教護施設で育ち、ある諍いから施設の仲間を殺害する。やがて、その施設から逃げ出したイグナシオは、さらなる殺人へと向かっていく……。この作品に顕著なように、花村作品の登場人物の生き方は、一見、刹那的であり、破滅的に映る。しかし、先にも書いたが、彼らは「愛と暴力」に走らざるを得なかった、狂おしいまでの思いを抱いている。それはまるで、自分という人間がこの世に存在する理由を必死になって探そうとあがいているかのようにも見えてならない。イグナシオがまさしくそうであり、『夜を撃つ』の情も『セラフィムの夜』の涼子も、出世作『ブルース』の村上も綾も徳山も、『重金属青年団』の仲間たち一人一人もまた、しかりだ。花村作品において、登場人物の多くは、〈原罪〉を抱えた存在として描かれている。

さらに、『聖殺人者イグナシオ』の作中では、暴力や愛、宗教について、登場人物たちによる論考がくり返される。この手法は、近作になるほど際立つ傾向にあり、『ぢん・ぢん・ぢん』『爵』『二進法の犬』と、広い意味での死生観や倫理観を巡る考察が、登場人物を借りて語られていく。そこにも、人はなぜ存在するのか、という視点が感じられてならないのだ。

また、『聖殺人者イグナシオ』は、作者の過去が色濃く投影されている作品でもある。花村萬月は、イグナシオが育ったように、キリスト教の福祉施設で過ごした経験を持っている。だからといって、安易にイグナシオがそのまま作者の分身だと言いたいわけではない。そこでの経験が、なんらかの形で花村萬月に〈原罪〉という意識を育てる素地を生んだと言えるのかもしれない（ただし、キリスト教に詳しくない私は、残念ながら、花村作品をキリスト教的な世界観から読む作品論は書けない。いつか、誰か挑戦していただけないものだろうか）。

さらに、『笑う山崎』（祥伝社）を始めとする諸作で、「疑似家族」というテーマが見られる点も見逃せない。そこに、聖母マリアを中心にした、家族よりも絆の強い信者たちの姿を見てしまうのは、私だけだろうか。血のつながりとはどれほどの強さを持つものなのか。血縁より強い人のつながりは存在し得ないのか。そんな作者の疑問と希求が、作品の奥から聞こえてきそうではないか。

先に述べた読者サービスに疲れたという花村萬月は『鬱』（双葉社）という作品を境に、自らの作品世界をより強く出そうという挑戦的な姿勢に出ている。サービスから脱し、作品の根幹で、読者に勝負していこうという心構えの現れである。『あとひき萬月辞典』の中で、花村萬月はこうも語っている。

――根本的な部分で、おれが書こうと思ってるのは、小説の中だけで、新しい倫理をつくるってことだな。いままでの道徳とは関係なしにね。

その言葉と、鳴海章が指摘した〈殉教〉と私の感じた〈原罪〉というフレーズを並べてみると、芥川賞受賞作である『ゲルマニウムの夜』をふくむ「王国記」シリーズで、花村萬月が正面から宗教に取り組もうとする姿は、実に頷ける。もちろん、宗教をテーマにしながら、そこには、人の存在理由を探るという深い企みが隠されているに違いない。

さらには、自伝的小説『百万遍』の連載も小説新潮でスタートした。『守宮《やもり》薄緑《うすみどり》』（新潮社）では、私小説的な色合いのより濃い作品も手がけている。花村萬月は、誠実なまでに、小説を書くことで、自分という人間に向き合おうとしているようだ。自己を掘り下げて小説にたたきつける作業には、ある種の痛みを必ず伴う。誰にでも思い出したくない過去はあるし、綺麗事を口にしたのでは我が身が恥ずかしくなる行状というものもあるだろう。一個人としての自己から安易に逃避せず、花村萬月は小説に向かっている。まるで、自分を追い込むかのように。小説に殉じようとするかのように。

と、まあ、そういった堅っ苦しい解説など、本来はどうでもいいことなのかもしれない。面白いから花村作品を読む。刺激にあふれているから手を伸ばす。それで、いいではないか。

本書『わたしの鎖骨』は、九〇年から九三年にかけて書かれた短編を集めた作品集だ。八九年がデビューの年だから、その直後の短編群になる。読者サービスを心がけていた時代の作品で、当時の姿勢がストレートにうかがえる短編が並んでいる。表題作は、作者の愛するオートバイをからめた夫婦の愛情譚（こういったストレートな話も萬月にしては珍しい）。「カオル」のラストには、読者サービスを忘れない誠実さが光っているし、デビュー作『ゴッド・ブレイス物語』を彷彿とさせるバンドの話もあれば、「眠り猫」シリーズの主役である仁賀丈太と、「なで肩の狐」シリーズで助演男優賞を上げたくなるほどの活躍を見せる蒼ノ海が顔を合わせる、という萬月のファンには見逃せない作品も入っている。何とバラエティーに富んでいるのだろうか。

初期の花村作品の特徴がこれほど詰め込まれている作品集はない。


（作家）

単行本　一九九四年三月　毎日新聞社刊

文春文庫

わたしの鎖《さ》骨《こつ》

定価はカバーに
表示してあります

2000年5月10日　第1刷

著　者　花《はな》村《むら》萬《まん》月《げつ》

発行者　白川浩司

発行所　株式会社　文藝春秋

東京都千代田区紀尾井町3－23　〒102-8008
TEL　03・3265・1211

落丁、乱丁本は、お手数ですが小社営業部宛お送り下さい。送料小社負担でお取替致します。

印刷・凸版印刷　製本・加藤製本

Printed in Japan
ISBN4-16-764201-8